U0133398

灯
塔

A Light

ろうぎしょう

老妓抄

［日］
冈本加乃子
著

熊 韵
译

CTS 湖南文艺出版社

图书在版编目（CIP）数据

老妓抄 ／（日）冈本加乃子著；熊韵译.—长沙：
湖南文艺出版社，2024.4
ISBN 978-7-5726-1597-9

Ⅰ.①老… Ⅱ.①冈… ②熊… Ⅲ.①短篇小说—小
说集—日本—现代 Ⅳ.①I313.45

中国国家版本馆 CIP 数据核字（2024）第 017233 号

老妓抄
LAOJI CHAO

著　　者：[日]冈本加乃子
译　　者：熊　韵
出 版 人：陈新文
监　　制：谭菁菁
责任编辑：吕苗莉　李　颖
责任校对：胡伟英
策　　划：李　颖
特约编辑：李　颖　田　俊
营销编辑：汤　屹
封面设计：尚燕平
内文设计：刘佳灿

出版发行：湖南文艺出版社
　　　　　（长沙市雨花区东二环一段 508 号　邮编：410014）
网　　址：www.hnwy.net
印　　刷：长沙超峰印刷有限公司
经　　销：湖南省新华书店
开　　本：1000mm×710mm　1/32
字　　数：130 千字
印　　张：8.125
版　　次：2024 年 4 月第 1 版
印　　次：2024 年 4 月第 1 次印刷
书　　号：ISBN 978-7-5726-1597-9
定　　价：39.00 元

冈本加乃子小记

读冈本加乃子的作品，不难发现其文字间涌动的华美丰丽与蓬勃生命力。那极尽细密、繁复交错的肌理，似是会把读者的精力也吸食殆尽。

从发表第一篇小说到因病逝世不过四年，她却留下诸多为人称道的作品，甚至有日本研究者认为她是"与（森）鸥外、（夏目）漱石齐名的作家"。

其子冈本太郎在怀念母亲的文章里写道，"母亲无论是在肉体上还是精神上，都比常人更易受伤，性格里有种令人绝望的脆弱"，"但也正是那些压抑在心底的热情与想象力在苦闷中持续发酵，才能化作绚烂的火焰迸溅四射"。

但他紧接着提到："母亲去世后一年半左右，我回到日本，看了看葬礼期间收到的大量信件，不禁哑然。生前把母亲骂得一无是处的人们此刻竟然开始赞美她、惋惜她，并为自己没能在她生前承认她伟大的才华而感到羞耻或恼恨。这些信的内容与其说让人欣慰，不如说让人愤怒，我感觉母亲的尸体被人践踏了。"

冈本加乃子生前为什么遭到部分人的恶评？又是如何顶住压力，持续创作那些洋溢生命力的故事的？她是个什么样的人？我们又该如何理解她？

多摩川畔的深闺千金

冈本加乃子原名大贯加乃（大貫カノ），家住东京的多摩川畔，家族自江户时代就是为大奥提供日常用品的豪商，家业繁盛时期曾拥有四十八间仓库，直至明治时代还坐拥方圆一二里[1]的土地，在赤坂、青山、下町的京桥都有别墅。

身为大贯家的长女，加乃子从小备受宠爱，但她生性内向、胆小，直到十四五岁还要母亲抱着睡觉。由于不爱说话，又长了双圆溜溜的大眼睛，有调皮的男孩给她起了个绰号叫"青蛙"。

有一次，加乃子不小心把最喜欢的手鞠[2]掉进了家门外的水沟，湍急的水流迅速把球冲走，她却一直蹲在水沟旁伤

---

1 在明治时代，1 里约为 3.927 千米。

2 手鞠：日本儿童的传统玩具，用彩色棉线与丝线缠绕的小球，一般是边唱童谣边拍着玩。

心流泪，直到黄昏降临，夜幕垂落，也久久不愿起身。

这么看来，她对喜欢之物应该有很深的情感，想来不会轻易放手，但她也曾把母亲特意为她做的新和服送给女仆，只因对方露出真心喜爱的模样；也曾把自己喜欢但不值钱的物件送给亲戚，事后招人恼恨而不自知。可见，她对金钱、物质毫无概念，但待身边的人极真诚。

加乃子八九岁时，家里进了强盗，父亲交出钱财，强盗却不离开，反而让人拿烟缸过来。家人与女仆都惊惧地缩在角落，唯有梳着童花头的加乃子老实地拿来烟缸，放到强盗面前，还朝对方鞠了个躬。强盗见了咋舌不已。母亲事后评价："这孩子虽然平时懦弱，关键时刻还是很可靠的。"

加乃子的保姆是从前萨摩藩文书的女儿，自幼饱读诗书，写得一手好字。她照料加乃子生活的同时，也兼任家庭教师，教年幼的加乃子口头背诵《源氏物语》中的段落，通过习字熟读《万叶集》[1]《实语教》[2]中的文句。

小学毕业后，加乃子进入迹见女校[3]，校长是当时有名的

1《万叶集》：日本现存最古老的歌集，成书于奈良末期或平安初期，收录歌谣数千首，按体裁可分为长歌、短歌、旋头歌等，按内容可分为杂歌、相闻歌、挽歌等。

2《实语教》：儿童教育书籍，相传为空海所作，成书年代不详，内容为汉字写成的五言对句，皆出自儒家经典与佛教名言，在江户时代被用作寺子屋（当时的初等教育机构）的教材。

3 迹见女校：后来的迹见学园，一所女子中学。如今，该校还设立了迹见学园女子大学。

画家兼儒者迹见花蹊[1]女士。该校校风在当时也可谓独树一帜，校长与学生同住宿舍，彼此关系亲近，学生们不喊"校长"，而喊"师傅"。同学之间不称呼"××子"（～子さん），而叫"小××"（お～さん）。学生都以浓妆搭配振袖和服[2]，或是在带穗的披风下穿紫色或深蓝的裙裤。加乃子后来总以浓妆示人，不知是否就是受到此时的影响。

就读女校期间，加乃子依然沉默寡言、笨手笨脚，原本每个寝室的室长都由最高年级（即五年级）学生担任，但她升上五年级也无法胜任室长，最后由低年级学妹就任。

校长迹见女士发现了她的才情，对她十分包容，任由她偏科也从不责备。裁缝课考试时，加乃子磨磨蹭蹭，迟迟无法完成，同学们急得你一针我一线地帮她，校长则在一旁笑着看。书法课是加乃子展现实力的舞台，她尤其喜欢汉字，且不爱当时盛行的流丽字体，偏爱硬朗成熟的风格。

大贯家包括加乃子在内，共有十个子女，与加乃子关系最亲密的是两位哥哥。大哥对加乃子既严厉又疼爱，但去世

---

1 迹见花蹊（1840—1926），女性教育家，迹见学园创立者。从小学习汉学、书法、绘画，1858 年继承父亲在大阪的私塾，1866 年在京都开设私塾，1870 年在东京开设上流子女、女官教育私塾。1875 年创立迹见学校（后改名为迹见学园），重视以和歌、绘画、花道为中心的贤妻良母式教育，给日本女子中学教育带来很大影响。此外也是日本画家、书法家，代表作《四季花卉图》。

2 振袖和服：长袖和服，一般用作未婚女子的盛装礼服。

得早；二哥雪之助（即大贯晶川）是早慧的文学青年，中学就在杂志上发表短歌与诗篇。加乃子受二哥影响很大，也早早显示出过人天赋，13 岁在学校创办的杂志上发表短歌，16 岁开始向文坛报章杂志投稿。

雪之助考入东京大学后，与谷崎润一郎等人交好，谷崎也时常出入大贯家。据冈本太郎猜测，母亲当时对谷崎颇有好感，但谷崎桀骜不驯，或许没怎么搭理她。此后，每当谷崎到大贯家做客，加乃子都会躲进房间，故意高声弹琴表达内心不满。这个小插曲不难使人联想到《寿司》里，智代对凑的"装模作样"与"奇怪的惦念"。

加乃子 17 岁时，跟随雪之助拜访了与谢野晶子、与谢野宽[1]，之后加入他们主办的"新诗社"，开始在《明星》《昴》等杂志上发表短歌。另一方面，她还跟随诸多行家研习日本文学与西方文学，在求知与创作上倾注了大量精力。

步入婚姻的"逢魔时代"

1909 年（明治四十二年），二十岁的加乃子在雪之助寄宿的地方认识了比她大三岁、在美术学校读书的冈本一平。

---

[1] 与谢野晶子、与谢野宽（铁干），二人皆是当时有名的歌人、诗人，致力于诗歌的革新，创办新诗社，发行《明星》杂志，推出众多新人，为明治、大正时期的诗歌界留下许多浪漫、清新的作品。

或许是被对方的容貌吸引，或许因为双方都是文艺青年，两人很快陷入热恋。

冈本家并不富裕，用一平的话说："我家出身虽不算极差，但至父亲这辈，只是下町中产阶级以下的书法家，靠为人写广告牌、名片等谋生。"父亲希望他中学毕业就开始赚钱养家，但他报考了美术学校，这笔学费也给家庭带来一些负担。

用传统的眼光看，加乃子与一平门不当户不对，一平此时也还是个穷学生，若是结婚，很可能是贫贱夫妻百事哀。事实上，加乃子的母亲就不大看好这段恋情。她向来疼爱女儿，觉得女儿的性格很难适应婚姻，于是对前来求婚的一平说："你娶了这孩子又能如何？她虽然优点不少，但从生活上考虑，你们俩都会过得很辛苦。"

当时，一平家住京桥一带，与大贯家隔着一条多摩川。时值多摩川泛滥时节，一平却频频游泳横渡多摩川，到大贯家表明心迹。最终，加乃子父母总算同意了这门婚事。

此间还有段逸闻。冈本太郎提到，加乃子与雪之助倾慕彼此的才华，感情比起兄妹更像恋人，所以当一平出现在大贯家时，雪之助一度生出妒意，还在窗外偷听两人说话。这种奇妙的三角关系不禁让人想起《夏夜之梦》里的兄妹与未婚夫，《过去世》里的兄弟与外来女子。不同点在于，《夏夜之梦》里的三人关系纯粹、理想、平和，《过去世》则带了几分妖冶、深邃、暧昧。二者或许都是源自现实的诗意创作。

1910 年，加乃子与一平结为夫妻，从宽阔的宅邸搬进狭窄的下町之家。因为彼此习惯相异、兴趣天差地别，她与一平的母亲、妹妹们关系并不算融洽。一平的父亲倒是很欣赏加乃子的书法，说她的字"乃性格造就，颇具天资，无须临摹字帖"，还拿出古代的书法帖给她参考。

1911 年，太郎出生，大贯家出钱在青山建了栋带画室的二层小楼，一家三口这才过上独立的生活，但经济上捉襟见肘。一平边学油画边在帝国剧场[1]的背景部门兼职，拿日结工资，收入不高且不稳定，最拮据时，一个月只有两三天有进账。可他婚前曾对大贯家许下豪言壮语，不便开口求助，只好靠加乃子从娘家带来的财物补贴家用。

据一平回忆，此时的加乃子极度内向沉默，总是一副若有所思的迷糊样，身体也苍白瘦弱，对金钱和物质毫无追求。他后来才明白，加乃子只是想让丈夫治愈自己内心的寂寞，哪怕不是用话语，仅仅陪伴就好，可他连这种程度的关心也没给她。

---

1 帝国剧场：位于东京的丸之内，建于 1911 年，是日本最早的西式剧场。1966 年重修后再次开放。

新婚的甜蜜很快消失无踪，一开始还很稀罕妻子的丈夫渐渐厌烦了妻子的不谙世事。这一时期，一平进入朝日新闻社，开始创作漫画，且很快受到好评，成为炙手可热的漫画家。

照理说，此时的一平应该能赚不少钱，但他从小在下町长大，继承了江户子弟风流豪爽的脾性，又是个纵情享乐的虚无主义者，钱都花在了饮酒作乐上。有时候，家里穷得连电费都交不起，孤独的妻子与年幼的儿子只能坐在漆黑的屋子里。一平却呼朋引伴，流连于酒肆琼楼，逍遥到半夜才回家。他还曾在家中设宴，让加乃子等在隔壁房间以便伺候，中途喝得失忆忘形，任由一根筋的加乃子在隔间不吃不喝、不眠不休地等了两天两夜。

加乃子毕竟成长在优渥的家庭，对穷苦日子毫无头绪，也不懂如何打理家务。青山的房子空间不大，她干活时总是撞上柱子或墙壁，惹来女佣的嘲笑。连卖炭的商家也欺骗她，卖给她最昂贵的樱炭，说是烧洗澡水用的。加乃子浑然不觉地用了一个月，才被女仆发现后制止。此外，女仆也会见缝插针地教训她，说她这也做不好，那也做不对。加乃子哭着向一平求援，一平却觉得女仆更懂经营生活，教训的都有道理，而没有站在加乃子这边。

太郎慢慢长大，需要买布匹做衣服了。加乃子找一平商量，一平却嫌烦不理她，她别无办法，只好把自己的衣服裁成儿童装。穿着花衣服的太郎在门外玩耍时，邻居家的女人们就会捏起他的袖子说："哎唷，这么奢侈的小衣服，应该是你母亲的吧。"太郎什么也不懂，还满脸骄傲地说"是啊"。从窗内窥见一切的加乃子只觉坐立难安。

那时，青山的住户还很分散，冈本家的房屋一侧是葳郁的森林，院子里种着各种花草树木，每到黄昏时分，加乃子就把椅子拿到门口，抱着太郎坐在那儿，眺望逐渐变暗的天空。她朋友很少，也不爱与邻居交往，待在家中仿佛与世隔绝。当夕阳染红天际，群鸟消失无踪时，加乃子就会用细弱清澈的嗓音唱起歌谣。哀切之声入耳，年幼的太郎也依稀懂得了孤独与哀愁。

加乃子每天只睡六小时，其他时间不是干家务，就是在面朝庭院的书桌前读书、写短歌。每当太郎穷极无聊，跑到她身边玩闹，加乃子就用一根腰带把他绑起来，系在柱子上或衣柜的圆环上，继续埋头工作。就算太郎大哭大闹，她也连头都不回。

或许是对一平彻底失去了信心[1]，没多久，加乃子就与她的倾慕者之一堀切茂雄坠入情网。她将此事告知一平，得

---

1 也有知情人说，一平因为生活放荡而阳痿，在性事上无法满足欲求不满的加乃子，致使加乃子移情堀切。（语出生田花世）

到一平认可后，让堀切住进家中。这件事在当时引起一些轰动，放在当下，也堪称开放婚姻之先锋。

太郎那时不明白堀切与自家的关系，只记得堀切在二楼的画室角落支了张桌子，总是勤奋地写着小说；母亲看完他的作品会给出意见，两人偶尔还会因此争吵。

但好景不长，加乃子很快发现自己最亲近的妹妹与堀切过往甚密，悲痛之下决心分手。堀切拼命挽留，但没有用。某天，两人发生激烈的争执，堀切从加乃子抽屉里抢走两人恋爱时的书信付之一炬，加乃子抢救不及，只能绝望哭泣。不久后，堀切就离开了冈本家。

也是这段时期，加乃子的哥哥雪之助、母亲爱（アイ）相继去世，长女丰子出生不到一年就夭折。加乃子悲伤过度，患上严重的神经衰弱，住院疗养了一段时间。

1915 年（大正四年），太郎四岁，弟弟健二郎出生，又在同年夏天死去。太郎还记得当时大家都在楼下伤心难过，父亲却在二楼一言不发地工作。母亲质问他为何不下楼，父亲却说："死都死了，我也没办法啊。"

之后没多久，堀切病逝的消息也传到冈本家。加乃子本就连遭打击，此番更是意志消沉。她回了趟娘家，但恰逢大贯家遭遇事业危机，没精力安抚濒临崩溃的加乃子，父亲连面都没露，就让弟弟把她赶了回去。这件事也成为加乃子与大贯家疏远的重要原因。

在最黑暗的日子里，加乃子几乎陷入疯狂，整日披头散发，面色苍白，被邻居家的孩子笑话为"幽灵"。她也想过寻死，但考虑到丈夫的名声和年幼的太郎，最终还是打消了念头。

后来不知何故，一平幡然醒悟，想起婚前的誓言，意识到自己这些年对妻子有多糟糕，决定改过自新。他戒烟戒酒，与酒肉朋友断绝往来，把所有精力放在加乃子身上，极尽周到地照料她，随她投身宗教，寻求苦闷生活的救赎之道。

渐渐地，一平发现，加乃子"宛如被手指按压的气球终于获得解放，很快开始膨胀起来"，到了1932年左右，她"越发不像现实中的人"，"那过于无瑕、涨红的脸与手，让我不禁想起博物馆里的净琉璃吉祥天女像"。他买了两尊水晶观音送给加乃子，加乃子十分喜欢，把小的那尊装进自制的编织袋里，时常带在身边。

之后漫长又短暂的十多年里，加乃子接连发表了几本歌集，对佛教的研究也不断深入。她与一平的关系既像夫妻，又像父女或母子，既像互相教导的师徒，也像志同道合的朋友。二人对太郎也像对待同龄人一样，尊重他的想法，不因其年幼而随意训斥。太郎小学三年级就会跟父母大谈艺术，进入青春期后，更是被加乃子视为朋友、哥哥，乃至恋人。

加乃子在外面受了委屈，或是在报纸上看到诽谤自己的文章，也会在儿子面前号啕大哭。

1923 年（大正十二年）关东大地震后，冈本一家曾到岛根县避难，回到青山没多久，加乃子因病住院，与外科医生新田龟三产生恋情。1929 年（昭和四年），一平被派往欧洲担任朝日新闻特派员，加乃子与一平，连同情人新田龟三、书生恒松安夫[1]也共赴欧洲。

他们坐船经苏伊士运河游览了意大利、法国，将立志学画的太郎留在巴黎，其余人继续前往英国。旅居英国期间，加乃子一度因脑出血卧病，痊愈后再次返回巴黎。1931 年移居德国，在南欧游历了一圈，直到 1932 年初，一家人才在巴黎与太郎告别，经美国回到日本。

拥有三个驼峰的骆驼

加乃子曾说，"我是拥有三个驼峰的骆驼"，这三个驼峰分别是短歌、宗教与小说。

短歌是她从小熟悉、早已融入骨血的；宗教（佛教）是她婚后身心受挫、心生无常之感，为自救而开始钻研的；小

---

1 恒松安夫（1899—1963），昭和时代的政治家、历史学者。当时他寄住在冈本家，同时帮忙做饭、打理家务等。也有说法称，恒松也曾是加乃子的情人之一。

说则是她在一平的大力支持下开始创作的。虽然三者体裁不同，重心不同，但被加乃子化为笔下文字之后，或许又有其相通之处。

可以用"求公约数"的方式来解读本书收录的十篇小说。

《陆奥》《家灵》《夏夜之梦》《河》都呈现了某种纯粹或理想的"守护与被守护"：《陆奥》里，痴儿四郎对阿兰的依赖与喜爱，阿兰对他长达一生的记挂；《家灵》里，德永老人长年遵守与久米子母亲的约定，母亲至死珍藏他的作品；《夏夜之梦》里，哥哥对岁子的百般呵护，牧濑对岁子牧神般的爱；《河》里，直助对小姐隐秘热烈的单恋。这种"守护"并非来自婚姻，却常常能与婚姻共存，甚至被婚姻中的另一半接纳，给女主人公提供源源不断的生命力。

《老妓抄》与《金鱼缭乱》讲年轻男人受人资助，走上研究之路——柚木投身于电气研究，致力于全新的发明创造；复一埋头于金鱼配种，试图孕育出形态完美的金鱼。无论这种研究是出于自身渴望或是投资人的期待，他们都在漫长枯燥的过程里触及某种虚无，时而诡异亢奋，时而暮气沉沉；驱使他们走上这条路的女人却因为这笔投资而对俗世生出期待。

此外，《鲤鱼》讲述了佛教中的"放下我执"、超然物外；《寿司》透过少女之眼观察社会与男人，又把目光聚焦在凑的身上，通过凑的讲述回顾一段奇妙过往；《过去世》描写兄弟、父子之间幽微的情愫与占有欲；《秋夜绮谭》设想一对交换性别长大的男女的人生。

如果要在所有作品中求取一个公约数，那大概就是"美"吧。

加乃子无疑是爱美的。她爱自己的容貌，爱漂亮的女人、男人，就连信仰观音，也是因为观音的清净与美貌。在她看来，"只有美貌才能容纳那般深邃的教义"。这种美既是现实的，也是抽象的，更是诗性的，自然也是她作品中不可或缺的。

话说回来，在加乃子发表小说之初，外界的评价褒贬不一，有人说她是"纯粹的耽美派"，称她的小说为"游戏之作"，还有人转而揣测她的婚恋关系，怀疑太郎不是她与一平所生。

加乃子因此饱尝艰辛，生出无限喟叹，只能继续在佛教与文学中寻求安慰和解脱。太郎说她的性格"连在社会中都难以生存，更别提满是狡猾成人的文坛"。

为了给加乃子保驾护航，一平找到当时的新秀，川端康成、林房雄、龟井胜一郎等人帮忙造势，结果反倒招来文坛的反感。好在加乃子久经磨砺，内心日益强大，创作上也渐臻成熟，这才有了《老妓抄》里那句"年华加深了我的悲伤，也成就了我生命的辉煌"。

中年亦是晚年的加乃子，眼睛、鼻子、耳朵、牙齿，没一处完好，经常在各个医生之间辗转治疗。虽然她的小说里出现过种种美食，现实里的她却已无福消受。生病之后，她食欲尽失，连最爱的荞麦面，也因为嘴巴尝不出味道又不愿亵渎食物，直到死都没再吃过。

1938 年，加乃子第三次因脑出血昏倒住院，之后在家静养，又接连创作了几个短篇。次年 2 月 18 日，她即将年满五十岁之际，在一平与新田的陪伴下离开了人世。

加乃子逝后，外界对其评价又发生变化，这才有了本文开头太郎的愤怒。

太郎觉得，"死亡本身虽然是艺术永恒的主题，但无论作者是生是死，这种现象性的事件都与作品无关"，外界因为加乃子的死而改变对她作品的评价，无异于让从前的批评、嘲笑，让加乃子为之承受的痛苦都成了笑话。

加乃子生前信仰观音，一平曾想在她从小生活且深爱的多摩川（也是《河》里的河流）河畔修一座加乃子观音堂，但最终没能实现。

1962 年，已成知名艺术家的太郎继承父亲遗志，在多摩川畔竖起一座造型别致的文学纪念碑，取名"骄傲"（誇り），并在雕塑的底座上刻了几行字：

携亡者一平

把这份骄傲

献给加乃子

太郎

熊韵

2024 年春分

于成都

———————————————

参考资料：

岡本太郎『一平・かの子　心に生きる凄い父母』（チクマ秀版社、1996 年 2 月 12 日、初版第 3 刷）

岡本一平『かの子の記』（チクマ秀版社、1996 年 11 月 7 日、新装版第 1 刷）

瀬戸内寂聴『烈しい生と美しい死を』（新潮文庫、2012 年 12 月 1 日）

外村彰「岡本かの子について　息子・岡本太郎への、ほとばしる愛」（2023 年 12 月）

略年譜『岡本かの子　家霊』（ハルキ文庫、2011 年 4 月 15 日、第一刷）

目录

みちのく

陸奥 *

谈话的间隙

听着北海的涛声

我也生出一种陪她

永远等待四郎的心境

那是桐花绽放的时节。我来到东北地区的城下町[1]S，步行于主干道旁的第二条街上。旅馆经理及三四名当地人士在前面带路。我刚在寺院结束一场演讲，与众人走出山门，前往留有旧城遗址的河畔名山。据说山中绿叶环绕，白天也能听到杜鹃啼叫。

我走在人群中，品尝着演讲后常有的意犹未尽——紧张感尚未退却，又有种如释重负的轻松。东北初夏特有的澄碧天空下，街上黑黢黢的房屋参差不齐，长长的屋檐向外突出，两层小楼低矮坚固，透过窗户，能望见客厅里雪白的蚕茧堆尖顶。

"最近，周边的村子正在收购春蚕的蚕蛹。"一个当地人解释道。

忽然，我闻到了煮蚕豆的清香。竖着旧时红白条花柱的理发店映入眼帘。近旁妖娆的柳树曳着长及地面的枝条。五六家店铺之外，有栋颓败老旧的西式照相馆。屋檐下那扇颇为考究的陈列橱窗，让我忍不住停下了脚步。

紧张感终于消失，好奇心便不自觉上涌，我迫不及待地想要了解当地流行的服装款式、美人类型等等。

窗内陈列的照片中，有都市风打扮的本地贵妇、表面谦逊实则自矜的老绅士、身着怪异洋装的艺妓[1]、表情僵硬的新婚夫妻、牵着手的女学生——与其他地方[2]小镇的照相馆差别不大，唯有一点，照片中的男女都有双果敢明亮的眼睛，想来是当地人特有的风采。

令我感到奇怪的，是贴在正中央那张大照片里的少年。照片本身很有年代感，历经岁月后更显沧桑，少年的模样轻松自如，又隐约透出一丝违和，正是那份违和触动了我。

---

1 艺妓粗略可分为卖身兼卖艺、单纯卖艺两种。在本书主要涉及艺妓行业的《老妓抄》一文中，艺妓应是兼具卖身性质的，原文标题亦使用"妓"字，故全书统一使用"妓"字。

2 地方：与首都东京相对的地域。

他随意地套着件高级丝织和服，五官端正，表情自然。就算是经常照相的人，也很难在相机前露出这么自然的表情。

我不自觉地凑近玻璃，凝神打量。一位随行人员见状，走过来说：

"这是东北地区以前很有名的痴呆四郎的照片。"

"这个人是白痴[1]吗？"我反问道。

"虽是白痴，却跟普通的痴呆不同，大家都很照顾他。"

接下来，他像款待远道而来的客人那样，把痴呆四郎的故事娓娓道来。

据说，当时连火车站的工作人员都对这位白痴少年心存好感，愿意让他免费乘车。能这样自作主张，说明事情发生在东北铁道尚未私有化的明治四十年以前。这一年，小镇上突然来了位打扮寒酸的少年。

少年看见店铺就凑上去，拿起门口的扫帚帮忙清扫。夏天还会机灵地往地面泼水。做完这些，就满脸期待、笑吟吟地站在店前。

一开始，店铺伙计搞不清状况，觉得这少年多管

---

1 从前日本人对智力发展迟缓之人的称呼。说话人本身未必带有歧视之意。

闲事，或是设法妨碍他，或是等他忙活完了，再嚷嚷着赶他走。少年总是沮丧地逃跑，有时还被没心没肺的伙计打得边跑边哭。

但他很快就会振作起来，如同流水冲走垃圾般丢掉坏情绪，带着雨过天晴的欢快表情换一家店继续打扫。

"他是个好脾气的乞丐，只想讨一顿饭。"

达成这种共识后，伙计们就把扫完地、站在店门口的少年带去厨房角落吃饭。少年开心地拿起筷子，好像在说："你们怎么现在才搞明白？"

少年从不对人低三下四。

他进食的模样规矩又慎重，饱餐一顿后，还会认真道谢："承蒙款待。"店家忙碌或嫌麻烦的时候，就把米饭捏成饭团或放在纸上给他。少年见状，竟满脸痛苦地拒绝，无精打采地转身，去另一家店门口打扫。在他心里，进食必须坐在食案前。

少年也不接受金钱施舍。或许是因为丢过钱币，才不再尝试。

"那白痴的出身肯定不差。"

"说来他确实很有教养。"

镇上的居民从少年残存的记忆里摘取了四郎这个名字，叫他"痴呆四郎"，也有人亲切地称呼他"痴儿四郎"。

"痴儿四郎光顾的店铺好像生意都不错啊。"

类似的评价开始流传于东北地区的各个城镇。当四郎厌烦了最初的城下町S，就搭乘某个好事者的运货马车，跑去五六里外的新兴城市玩耍。此后，少年学会在各个镇子间漂泊，据说还坐过火车，流浪范围延伸至奥羽[1]及北国[2]小镇，行径与从前一样：为店家打扫门外，换取一顿饭的招待。四郎的开朗与纯粹打破了人性的藩篱，俘获了各个小镇居民的心。

"痴儿四郎光顾的店铺好像生意都不错啊。"

这句话或许掺杂了迷信，也有赶时髦的因素，但少年无忧无虑的性格、行云流水的举动，就像一阵新风，洗涤了人们的心灵，唤起他们对生活的热情。就这样，少年成了吉祥物般的存在。

各个小镇都开始祈盼少年的到来。有的商家老板一见他就满心欢喜，立刻换上羽织袴[3]恭敬出迎。有时还有隆重的队列送他到车站。少年的着装也越发华贵。镇上的掌权者说：

---

1 奥羽：古代日本的陆奥国、出羽国。现在的日本东北地区。

2 北国：指日本北陆道（现新潟县、富山县、石川县、福井县的总称），也指明治初期的北海道各地。

3 羽织袴：和服短外套与裙裤，是一种正式、庄重的打扮。

"那白痴一来，镇子说不定也会更加繁荣呢。"

靠近北国的 F 町主干道上，有家面积不大、经营稳定的老字号吴服店[1]。店主的女儿叫阿兰。四郎很喜欢她，每次到 F 町，都会走访这家吴服店。只要待在阿兰身边，四郎就心满意足。阿兰做针线活儿的时候，四郎就盘腿坐在旁边，问些天真无邪的问题，或做些简单的游戏。遇上小阳春的晴暖日子，他就迷迷糊糊地打个盹儿，中途醒来，确认阿兰还在，又安心地闭上眼。

四郎就像一只野鸟，恐惧世间的杂音，只向阿兰坦露静谧、安然的表情。阿兰对这不同寻常之人既疼惜又悯恤，生出类似母亲或姐姐的心境。渐渐地，阿兰心中冒出一个疑问。某天，她问四郎：

"如果我嫁人了，你怎么办呢？"

四郎毫不犹豫地回答：

"我也去，跟你一起。"

阿兰笑得满地打滚。

"带着你嫁人可不行。"

四郎无法理解。

"为什么呢？"

---

1 吴服店：贩卖绸缎、布匹等和服衣料的店铺。

"因为嫁人就意味着我是对方家里的人了。如果那人不同意，你就不能跟我一起去。"

"阿兰会变成别人家的吗？"

"是啊。"

"唔——"

想到即将失去阿兰，从此孤立无援地活在世间，白痴心里也生出了寂寥之感。想象着即将出现的未知敌人，他慌忙道：

"阿兰，你不能嫁人！"

"这不可能呀。"

四郎一脸悲伤地陷入沉思，接着像大人一样煞有介事地拍了下膝盖：

"这样好了，我来娶阿兰。"

阿兰呆住了，但还是说：

"四郎要娶我啊……真了不起！"

"我娶你。"四郎一脸得意。

"不过四郎啊，你想娶我，就得变得更厉害，更聪明——懂吗？"

对阿兰而言，这只是句场面话，也是在安慰和鼓励四郎，但四郎却把它记在了心里。他的智力虽然只有七八岁，身体却是十七八岁的青年了。

夏季暑气渐盛之时，南部山脉吹向北海的风途经F町所在的山坡，吹走了热空气，带来意外的凉爽。遍布果园与田地的平原尽头，是以小调¹闻名的Y山山麓，麦浪在淡薄的晚霞里闪闪发光，空气中弥漫着收割晾晒后的麦香。

阿兰在紧邻檐廊²的房间看了看这片风景，拉上窗帘。临街那侧传来"哇哇"的叫喊，声音游移至店门口即停住，下一秒，四郎走了进来。

出现在阿兰身边时，四郎习惯默默站着，等她先搭话。这是撒娇的表现。阿兰觉得有趣，就低着头假装没发现。

等她终于抬起头来，却吓得失声大叫。

"怎么回事啊，四郎？你怎么穿得这么奇怪？"

四郎身穿红色和服，头戴大黑天³头巾。

"我也不喜欢，但他们非让我穿。"

面对阿兰的怒意，四郎有些胆怯。

---

1 小调：明治末期到昭和初期用于灌制唱片的流行歌谣的分类。既包括江户时代以来的端曲、俗曲、民谣，也有新作的流行歌谣，内容繁杂。总体上是指日本调的歌曲。

2 檐廊：日式建筑内房间外的走廊，一般铺设木板。既有露天式，可往外步入庭院，也有装设窗玻璃与外界隔开的。

3 大黑天：日本民间信仰的七福神之一。身穿类似狩衣的服饰，头戴黑头巾，左肩上背着大袋子，右手拿着小锤子。

"立刻脱下来。"

阿兰帮四郎换掉了那身滑稽的行头。

"把人当白痴愚弄也该有个分寸。"

闻言，四郎也战战兢兢地模仿：

"把人当白痴——愚弄——也该有个分寸。"

四郎平日就很听阿兰的话，觉得她说的都有道理，喜欢一字一句模仿她。阿兰往常觉得这很可爱，今天却感到悲伤。她递给四郎一条冷水拧过的手帕，端出现成的蕨饼，撒上白糖给他吃。

四郎渐渐不再害怕，像以往那样坐在阿兰身旁，翻开不知哪儿来的画册，指着上面的东西问她。阿兰则一边干活儿一边回应。

"这是什么呀？"

"铁路马车。"

"这是什么呀？"

"上班的人，穿着西装拿着包。"

四郎凝神望着画里的人，好一会儿才说：

"我很快就能穿上西装了。"

阿兰觉得这只是他的幻想。

"那可真不错呀。"

四郎得意起来。

"我不仅要唱歌，还要跳舞。"

阿兰有点讶异。

"在哪儿啊，为什么？"

"然后变聪明，来娶阿兰当老婆。"

阿兰突然想起一件事。最近人们都说，有搞杂耍演出的人盯上了这个走红的白痴少年。这事儿可不简单。她对四郎说：

"不行啊四郎。你不能那样。"

但四郎没像从前那样认真听她说话。

"如果不能变聪明，就娶不到阿兰了。"

说完，四郎忽然站起来走了。

似乎有人告诉他，只有穿着西装站在华丽舞台上表演的人才有资格娶老婆。白痴少年将此牢记在心。

四郎渐渐不再来阿兰家。他穿着金丝服装上台表演马术，唱跳完毕，又把黄铜币、装有照片的金钱袋当纪念物卖给游客。听到这些消息时，阿兰简直坐立不安。她想求一手带大自己的父亲帮忙，古板的老店主却说那白痴与自家八竿子打不着，关照也没用，劝她别再管了。

冬去春来，四郎慢慢被人们淡忘。这阵子，还有人说他开始表演乡下戏里涂脂抹粉、逗人发笑的反派丑角。阿兰虽然心痛，也只能一声不响地听着。就算四郎回到这个小镇，也搞不出什么名堂。痴呆本就不可能变聪明，但她还是向神佛祈愿，希望他早日归来。

又过了几年，四郎逐渐没了消息。

父亲去世后，阿兰继承了家中生意。她一直不肯嫁人，父亲生前就联合亲戚们狠狠责备过她，她却始终不愿松口。如果四郎听说自己嫁了人，该有多失落啊。这种心理连阿兰自己也弄不清楚。不知何时，她命运的红线已被那白痴少年牵走，如果步入世间寻常女人的生活轨道，那痴儿定会躲在哪个角落黯然神伤到崩溃吧。这种心酸反复在她心头涌现，叫她束手无策。

一个北风呼啸、海浪翻涌的日子，阿兰又听说了四郎的消息，据说他已流落到北海道，沦为一介杂役。

不知不觉错过了适婚年龄，阿兰早已放弃婚姻，也不再奢望四郎还活着。

听完这个故事，我不论白天夜晚，无论是在杜鹃啼鸣、绿树环绕的山中，还是在夜晚的欢迎会上，抑或是在住宿的旅馆，只要见到阅历丰富的老人，就问起这件事。欢迎会上的某位老妇人说：

"阿兰小姐应该还在人世。她本名叫××兰子。

如有需要，您可以去看看。刚好 F 町也在您此次演讲的行程中。"

一到 F 町，我就在来停车场迎接我的妇人堆里发现了阿兰。她满头银丝，姿态优雅，耳朵似乎不好使了，腰也弯了。不同于我想象中的悲情人物，现实里的阿兰极其乐观，给人轻松幽默的印象，在人群中十分亮眼。

我在她和几位妇人的陪伴下，坐车经过溪树蛙[1]鸣唱的河畔，来到小镇入口处的单面街[2]。左边车窗外是山麓平原，北海的浪花打在山崖上，反射出熠熠的光芒。我虽顾虑旁人，又被阿兰老太太的快活打动，决定问出心中疑惑。

刚说出白痴少年四郎的名字，她立刻说道：

"我也一度想当他死了，就此断念。但他比我小六七岁，也可能还活着。如果他真的回来，我就欢迎他，为他接风洗尘。这样想定之后，我也如释重负。"

阿兰老太太说，于是，她就把之前为四郎置办的牌位之类都扔了，一有机会就打探他的消息。

---

1 溪树蛙：此处指的是"日本溪树蛙"，一种树蛙科溪树蛙属的两栖动物。

2 单面街：仅在道路一侧修建房屋的街道。

我深深凝望这位情深义重的老妇，在她脸上看到影子般淡白的希望之色。接着，又想起让她如此惦念的白痴少年坚定执着。那晚，我在当地的老人家中叨扰，饭后休息时，阿兰老太太翩然而至。谈话的间隙，听着北海的涛声，我也生出一种陪她永远等待四郎的心境。窗外，捕捞乌贼的钓船灯火缓缓进入视线。

　　　　　　　　　　　　　　　　（昭和十二年十月）

りきょ
鲤鱼

所谓醒悟

就是亲身体会生命的

普遍性与流动性

发现一条鲤鱼里

也蕴含了天地间的道理

一

京都岚山前的大堰川上，有座风雅的渡月桥。桥的东端尽头有座临川寺。寺内的开山堂里，供奉着振兴寺庙的梦窗国师[1]的雕像。寺前即是大堰川，其景正合一则清凉的诗偈："梵钟潜清波而响翠峦。"

时值室町时代末期，距离寺院开山已有数代，现任住持是个名为"三要"的僧人。

禅寺有个惯例，进食时分要施饿鬼[2]，即用筷子顺次从碗中夹取米饭抛撒，称作"生饭"[3]。临川寺的生饭

---

1 梦窗国师：指梦窗疏石（1275—1351），镰仓末期至室町初期的临济宗僧人，谥号为"梦窗国师"。他擅长造园，在西芳寺、天龙寺等修筑庭院，还促进了由天龙寺船开展的贸易，著有《梦中问答集》《临川寺家训》等。

2 施饿鬼：往清净之地或水中投食，施惠于堕入恶道、为饥饿所苦的众生或恶鬼。

3 生饭：即前面所说的施食行为，亦可指此时布施的食物。

大都是抛进河里，又因渡月桥上下六町[1]之间的河段禁止杀生，所以聚集在此的鱼儿总是一拥上前，啃食生饭。日复一日，它们也掌握了规律，每当寺院的钟声响起，就迅速游到寺院前的水潭里等待。

给水潭里的鱼儿喂生饭的任务，落到了青年沙弥阿昭的身上。他今年十八岁，出身于公卿之家，幼时就被三要收养，学习坐禅学问的同时，也负责接待身份高贵的客人。阿昭尚未剃度，身穿金线织锦与彩色丝线缝制的衣裳，看上去弱不禁风，肌肤苍白透明，五官立体宛如刀刻，轮廓锋利，显出男性的魅力。他从入寺之初就开始喂鱼，熟知鱼儿习性，跟它们相处亦如朋友一般。

五月的一天中午，雨时下时停。青年阿昭怕水潭里的鲤鱼饿肚子，就顶着竹编斗笠，提起生饭前往水潭。小河完全隐没在雾气里，稍微晴朗的方向，可见龟山与小仓山上的松树梢似水墨画渗在天边。阿昭一脚踏向水边阶梯时，发现岸旁石头下躺着一团淡红色的东西。凝神细看，竟是个女孩披着遮盖头部的被衣倒在那里。阿昭急忙踩着河边石子飞奔到女孩身旁，

---

1 町：长度单位，按日本古代条里制度，1 町为 60 步。6 町（约 654 米）见方的区划称为 1 里，东西相连的"里"称为"条"。

抱起她问：

"你怎么了？"

女孩用微弱的声音说，自己从昨天起就没吃过东西，因为饥饿疲惫，想喝口水，才好不容易来到岸边，不料却就此失去意识。

"原来如此，这里有些喂鲤鱼的生饭。你先吃了吧。"

他伸手递出饭碗，女孩开心地吃起来。他又掬来河水让她喝下，女孩终于恢复了精神，开始讲述自己的身世。

应仁之乱[1]中，细川胜元、山名宗全两大头目的死，虽给中央带去短暂的太平，却导致战火向四方蔓延。各地陆续打响小型战争，双方将领因担心领国状况，匆忙从京都撤回。

细川一派的幕僚，丹波领主及下野守[2]细川教春也急忙撤回领国。三年前，京都局势暂稳，留在此地布阵的教春把独生女早百合公主接了过来。自此，年仅

---

1 应仁之乱：从应仁元年（1467）开始持续了11年的内乱。细川胜元与山名宗全的对立，及围绕足利义政将军后继者产生的争端，导致各领国守护大名分裂为东西两军，开始作战。战乱逐渐向各地扩散，幕府失去威信，战国时代由此开始。

2 下野守：指下野国的地方长官。

十四岁的少女开始跟随师傅们学习茶道、学问、舞蹈、击鼓。在她十七岁这年春天，教春急着赶回领国，以为骚乱很快能平息，自己不日就能回京，就留下一男一女两个仆从，给了充足的生活费，让他们照顾公主。

然而教春走后，领国形势很快趋于凶险，近日竟连消息也不再传来。据说一族郎党[1]几乎全灭。见此情形，服侍早百合公主的男女仆从忘恩负义，合谋转卖了宅邸，掳走所有值钱东西，逃得无影无踪。

公主担心父亲，也害怕自己有危险，遂决定返乡。她独自出发，几乎没带盘缠，不仅没有齐备的行装，还时常被恶汉盯上，终于因为过度不安与饥饿而筋疲力尽。

"蒙您搭救，不胜感激。但旅途困苦、前途渺茫，我已没有继续的勇气，索性投河一了百了。"

说完，女孩潸然泪下。听了这些，青年阿昭心如刀绞，心知最好的办法就是请寺院收留她，直到家乡战况明朗。可适逢乱世，同样遭遇不幸、跑来寺院避祸的人不计其数，若是尽数收留，寺院也会不堪重负。况且她是个女人，入寺会有诸多不便，寺院定会拒绝。

---

1 郎党：中世武家社会中，武士身份的家臣。

所以他只好说：

"一定要活下去。总会有出路的。你暂且躲在此处，我会设法带些粗食来。千万别被其他人发现。"

话虽如此，青年阿昭也没有明确的计划，只是眼下再无他法。他环视四周，幸好有艘四面覆着草席的小船。那是足利将军到大堰川乘船游玩时随侍在侧的小船，平日很少有人用。青年阿昭扯开草席，让早百合公主赶紧进去。

公主没说感谢，也没有拒绝，依言躲进船内，说：

"一个人在这里太孤独了。送饭以外的时间，也请你多来看看我呀。"

二

很快，寺里流言四起，都说：

"这一阵子，沙弥阿昭每天要喂五六次生饭，还总是慌慌张张跑去河边。该不会是因为太亲近鲤鱼，被鲤鱼精蛊惑了吧？"

"是啊，据说潭里的鲤鱼最近听到钟声也不聚过来了。我专门跑去看了看，还真是。"

"这可太奇怪了。""怪事。""怪事。"僧人们议论纷纷也是自然。因为青年阿昭把生饭都给了草船里的美丽公主，水潭里的鲤鱼只能傻等，渐渐也不再理会用斋的钟声。谣言愈演愈烈，青年阿昭也因此越加谨慎。他瞅准空隙就往草船跑。假装把分到的点心、水果吃了，其实是藏在袖子里偷偷带给公主。日子一天天过去，梅雨结束，盛夏来临。

一个是十八岁的青年，一个是十七岁的少女，两人瞒着外界所有人秘密幽会，自然也对彼此萌生了情愫。

公主早已忘记来时的目的，一味苦盼阿昭的到来。她自认对阿昭只有信任和感激，殊不知情感早已转化成爱意。因为她开始不自觉地耍小脾气，故意用言语试探他。

另一边，青年阿昭心知，若不早点想法解决此事，既耽误悟道，也对公主无益。他虽时刻忧心，又总找借口拖延着维持现状。有时越想越觉得自己窝囊，心中"噌"地腾起一股叛逆的情火，心说："全完了，不如跟公主私奔吧。"连他自己都觉得这念头危险。与此同时，他又觉得一切只能顺其自然，于是干脆放弃挣扎，继续这快乐而无常的幽会。

正午过后，公主吃完青年阿昭带来的生饭，与他一同把草席拉开一条缝，眺望小河对岸的景色。蝉鸣如雨，势头越发猛烈，叫人恍然觉得山中翠色也在随之摇晃。不巧的是风停了，密闭的草船内异常闷热，公主一边用衣袂拭汗一边说：

"好久没有沐浴了，我想在这清澈的河水里清洗一番。周围没有旁人，你也下水吧，让我抓着你的手腕，否则我会害怕。"

这可是个难题。二人正处于风声鹤唳、草木皆兵的状态，不该冒这种险。万一被人发现，不知会被如何处置。青年阿昭战栗地制止她：

"别说傻话。大中午的，怎么能做那么危险的事呢。如果今晚月亮被云挡住，我就趁暗过来带你下水洗洗。你再忍耐一下。"

但公主已被下水的念头蛊惑，身体痒得不行，立刻就想泡进河里。

"你无论如何都不肯依我吗？"

面对公主的哀切恳求，青年阿昭再也无法招架，说了句"那就请吧"，把公主牵入河中。

无论古今，青春并无二致。他们就像露天泳池里的现代男女，沐浴着阳光，孩子气地朝对方泼水，因为太过开心而忘了时间。不知何时，一群僧人站在寺院那侧的河岸惊呼：

"那不是沙弥阿昭吗？"

"他在水里跟女人嬉戏！"

"啊呀，真是岂有此理！"

三

僧人们立刻抓住青年阿昭，把不着寸缕的他押到方丈面前。但他们不敢对赤身裸体的公主出手，踌躇之际，公主已吓得逃回草船，披上外衣缩成一团。

住持三要闭着眼，一面静听僧人们的控诉，一面点头，最后说：

"情况我已知晓。不过，跟阿昭公[1]待在一起的真是个女人？你们莫不是错把鲤鱼当女人了？"

"我们怎么可能犯那种愚蠢的错误——"有位僧人欲起身反驳，被三要制止了：

"究竟是女人还是鲤鱼，我也不曾见过，故而无法判断。不如你们与阿昭公论法，以此决定胜负吧。现在立刻敲钟。双方到法堂做准备。"

说着，三要看向阿昭，目光似已洞悉一切。对上这双眼睛，原本灰心绝望的阿昭突然振作起来，心想，如果只有自己受罚，倒也无妨。但他虽是一介沙弥，好歹也算佛门中人，倘若事情败露，那位柔弱的公主或许

---

1 公：一般是对贵人的称呼，也用来表示亲密之意。

就会因为诱惑僧人而遭受惩罚。必须想想办法。三要的目光给了他力量，青年阿昭不假思索地俯首合掌，朝师父作了个揖。三要若无其事地起身，急急走向法堂。

四

论法开始了。三要住持坐在法堂正面的交椅上，众僧在东，青年阿昭在西。问答之声渐渐高亢。两三个僧人束起衣袖，手持竹篦[1]，摩拳擦掌地瞪着阿昭，只要他开口稍有迟疑，就要狠狠把他打趴在地，和那女人绑在一起，交给寺庙管理者。

众僧轮流起身提问，无论问什么，青年阿昭都只是答：

"鲤鱼。"

"玷污佛子、佛域时应当如何？"

"鲤鱼。"

"作么生[2]？出头[3]？没溺火坑深处？"

"鲤鱼。"

"这乡下人，竟如此欺瞒我们！"

---

1 竹篦：一种细长扁平的竹板，禅宗修行中，用来敲打不专心参禅或犯错的修行者。

2 作么生：佛教用语，意为怎样，如何。

3 出头：禅语中有"出头天外看"一说。"出头"也指出席寺庙主堂的仪式等。

"鲤鱼。"

"简直是招来苍蝇的腐肉！"

"鲤鱼。"

这简直算不上问答。起初，众僧虽占据上风，但青年阿昭咬紧"鲤鱼"这一答案的背后，藏着股男人拼死保全女人的疯狂劲儿。寻常的野狐禅[1]根本无法动摇他。在这股气势的压迫下，众僧竟也开始畏缩不前了。

其间，青年阿昭的心理也发生了奇妙的变化。刚开始，他认为与精通禅理的人对决，左一句右一句地回答反倒会被钻空子，打算听天由命；但经过师父三要的点拨，他决定对所有问题都死守"鲤鱼"二字作答。无论对方问什么，他都答"鲤鱼、鲤鱼"，不知不觉，竟也从这寻常的鲤鱼中悟出了天地万物的道理，心境顿时超脱，答案也变得灵活。时而答"锅中鲤鱼"，时而答"穿网而过的金鳞"，最终忘了鲤鱼，忘了自己，也忘了眼前的僧众。他回答的速度越来越快，内容应变自如，就像钟被撞响，回声在山谷荡漾，抵达了活泼、超然的境界。如此一来，众人渐渐瞠目结舌，露出惊叹的神色。三要莞尔一笑，挥动拂尘，宣

---

1 野狐禅：指有的人明明未达开悟之境却妄称自己已经开悟。

布论法结束。他并未强调胜负，而是说了以下几句话：

"阿昭公方才之所以能参悟新境界，是因为他长年为鲤鱼施舍生饭，积攒了功德。若说他有错，也是老朽无德所致。总之，这件事就到此为止。"

青年阿昭以此为契机落发为僧，在河畔另修了座鲤鱼庵，于庵中长养圣胎[1]，据说后来声望颇高。

恋爱关系中，若有一方醒悟，另一方也确实不必强求。所谓醒悟，就是亲身体会生命的普遍性与流动性，发现一条鲤鱼里也蕴含了天地间的道理，意识到恋爱并非人生的全部，不该痴迷执着。

没多久，早百合公主也开始亲近佛法，但她没有出家，而是回归红尘，发挥舞蹈天分，成了京中赫赫有名的白拍子[2]。她的舞姿曼妙新奇，透着股枯寂的禅意，究其原因，是她成了鲤鱼庵施主，时常在那里听禅问道。

后来，为杜绝后患，年迈的三要住持决定亲自给鲤鱼喂生饭。水潭里的鲤鱼终于恢复了从前的习惯，一听到钟声就聚集在寺前的水面。

（昭和十年八月）

---

1 长养圣胎：禅宗中指悟道后的修行。

2 白拍子：日本平安末期的一种歌舞，也指以此为业的艺人。

寿司

最近可能是因为
上了年纪
频繁地想起母亲
顺带也就想吃寿司了

在东京下町与山手¹交界的地方，有一条坡度很陡、崖壁连绵的街道。

若有人从主干道的繁华区拐进来，会生出别有洞天的感觉。

换句话说，这条街适合那些厌倦了主干道或新马路的繁华，偶尔想躲开喧嚣、换个心情的人。

福寿司位于整个街区地势最低的位置，两层建筑外部的铜板幕墙²是三四年前新装的，内部仍是旧式日

---

1 下町、山手：原本是一组地理上的相对概念，以东京武藏野台地为界，台地以上（西部地势较高的区域）为山手，台地以下（东部地势较低的区域）为下町。江户时期，山手地区居住的多是大名、旗本等身份地位较高的人，下町居民则以商人、手工艺人等为主，由此构成了富裕阶层与庶民阶层的对立语境。现代的"山手"依然保留着"精英""富人区"之感，"下町"则因保留了较多江户时期至近代的街道与住宅风景，而成为怀旧的代名词。

2 铜板幕墙：指二、三层木造建筑正面铺设的铜板，这种建筑大多为店铺兼住宅的形式，短暂出现于关东大地震后的复兴期，也是建筑家藤森照信定义的"看板建筑"的一种。铜板长期暴露在空气中，会变成锈绿色。如今残存的这类建筑，铜板部分也大多变成了锈绿色。

木住宅，竖着以崖壁为支撑的梁柱。

这是一家年代久远的普通寿司屋，由于商业萎靡，上任老板将招牌一起转租给智代的父母，他们通过努力，一点点打响了店铺的名气。

新一代福寿司的老板曾在东京首屈一指的寿司店当学徒，又因熟悉自家店铺周边居民的喜好，很容易就提高了寿司的品质。从前，店里主要做外卖，新老板上任后，到店就餐的客人日益增多，仅靠老板夫妇及女儿智代也开始忙不过来，只得招揽伙计和女佣。

店里的客人形形色色，但都有一个共通点。

他们被现实生活逼得进退两难，想抛开一切到这里喘口气，换个心情。

在这里，大家可以尽情抱怨，小小奢侈一把，吃吃喝喝，满嘴胡话；可以自由地卸下伪装，也能披上别的身份，不管说什么、做什么都不会被瞧不起。在逃避现实这点上，店里的客人同病相怜，彼此体谅，偶尔捏着寿司或拿起茶杯时视线相交，望向对方的眼神也充满恳切。当然，也有客人沉默寡言，目不斜视，默默吃完几个寿司就迅速离席。

寿司这种食物酝酿出一种稳重而真诚的氛围，无论客人在店里待多久都不会迷失自我，任何烦恼都会很快消失无踪。

福寿司的常客中，有人当过猎枪店的老板，有人做过百货商店的外勤主管，有人是牙科医生，有人是榻榻米店的少东家，还有电话中介、石膏模型技师、儿童用品推销员、兔肉促销员、退休的证券商——此外还有个住在附近的剧场男艺人，闲暇时兼营其他副业，穿一件很衬气色的丝质衣裳，手指苍白，捏起寿司塞进嘴里的动作很熟练。

住在周边的常客会在理发前后顺便进店吃点东西，远道来附近办事的人则会在事前或事后进店。虽然不同季节情况各异，但整体而言，下午四点到亮灯时分，是客人最为集中的时段。

大家各自坐在喜欢的位置上，从老板那里讨些多余的鱼贝类刺身，就着醋拌凉菜喝酒，或是直接点几盘寿司吃。

智代的父亲，也就是寿司店老板，有时会从工作间来到大堂，端出一盘微微发黑的押寿司[1]放到常客中间的桌子上。

---

1 押寿司：将醋饭与其他食材用模具压实做成的四四方方的寿司，又称"箱寿司""大阪寿司"，与手捏的"握寿司"相对。

"这是啥，这是啥？"

大家好奇地从四周凑过来。

"我睡觉前的下酒菜。尝尝看。"

老板跟客人说话的语气就像朋友。

"味道太重了，应该不是小斑鰶——"

有人捏起一枚寿司说。

"难道是鲹鱼？"

闻言，侧身坐在柱子旁和式席位的老板娘——智代的母亲——笑得浑身肉颤，说："大家都上了老爹的当啦！"

这盘押寿司以盐渍秋刀鱼为材料，用豆腐渣恰到好处地去除了盐分与油脂。

"老爹太狡猾了，居然偷摸着独享这种美味——"

"欸，秋刀鱼这样吃起来真是别有风味呀。"

一时间，客人们纷纷称赞起来。

"毕竟我们这种人吃不起高价玩意儿啊。"

"老爹，怎么不把这个放进菜单呢？"

"开什么玩笑，要是把这个拿来卖，其他寿司就会被抢走风头，卖不出去了呀。再说秋刀鱼这种东西，花再多心思也卖不了几个钱。"

"老爹，你很懂做生意的门道嘛。"

此外，他偶尔会把多余的鲣鱼中段、鲍鱼肠、鲷鱼鱼白等进行巧妙的加工后端给常客享用。一旁的智代苦着脸想："那么难吃的东西，真受不了。"这些菜品出现的时机毫无规律，常客们总是求而不得，但他们清楚老板的固执与喜怒无常，所以并不强求。

客人们实在想吃的时候，就偷偷找智代帮忙。智代虽不耐烦，也会帮他们实现愿望。

智代从小见惯了这群男人，通过对他们的观察，渐渐认为社会就是如此恰到好处、不拘小节，又带点稚气的地方。

在女校读书的时期，她觉得寿司店女儿的身份有点丢脸，进出家门总是煞费苦心地避开朋友，从中体会到一丝孤独，但这孤独多少还是受父母潜移默化的影响。她的父母虽不争吵，情感上却各自独立，好像只是为了生活才住在一起。比起义务，更像是出于本能地彼此怜悯与协调配合。这种关系日益发展，竟也成了世人眼中话少但关系不错的夫妇。父亲渴望在下町某栋大楼里开家分店，平时沉迷养鸟。母亲不旅游也不购物，每月从店铺收益里扣除自己应得的部分存入银行。

唯有在女儿的事情上，夫妻俩的意见出奇地一致，那就是要让她接受教育。由于整个社会弥漫着求知的氛围，两人也不约而同地意识到竞争的重要性。

"我是靠手艺吃饭的，没读过什么书，但女儿——"

虽有这种打算，但女儿毕业后何去何从，他们也没有目标。

智代就这样天真无邪地长大，看似懂事，开朗乐观，实则也有孤独的一面。谁也不会讨厌这种女孩，给她使绊子。只有在面对男人时，她态度泼辣，毫无女孩特有的娇羞与造作，这一度成为女校教职工热议的话题，直到得知她家是做生意的，老师们才恍然大悟，进而打消了怀疑。

初春时节，学校组织学生去多摩川沿岸郊游。智代站在小河旁，看到淤水处游来几条鲫鱼，尾鳍在新茶般的碧水里闪闪发光。它们在木桩根部吃了会儿苔藓就顺流而去。接着又有一群鲫鱼曳着发光的尾鳍游来。它们顺流而来，顺流而去，交替速度之快，像某种精密的作业，若不仔细看，根本难以察觉，还以为是同一群小鱼。鱼群里偶尔有怠惰的鲇鱼出现。

智代心想，寿司店客人们的新陈代谢，也同这小河里的鱼群一样，即使有名为常客的群体，其中的个体也总在变化。她就像木桩根部的绿色苔藓。客人们轻轻碰触自己，获得安慰后离开。身为服务员，她既没把这事当成义务，也不觉得有多辛苦，总是穿着宽大的开司米制服，踩着店里的男士木屐给客人端茶。当客人语带挑逗或揶揄时，她就噘起嘴，耸耸肩膀说：

"这可怎么办呀？我没法儿回答哦。"

零星的媚态随着声音出现又消失。客人因被取悦而笑了起来。对福寿司而言，智代就是这样一块活招牌。

客人之中，有个五十出头的绅士，名叫凑。他眉毛很浓，总是满脸忧愁。有时看着比实际年龄还老，有时又透出几分壮年的热情。比性格更引人注目的，是他身上那种源于睿智的从容，脸上的愁苦也因此淡了几分。

他有一头梳得漂亮的浓密鬈发，留着法式胡须。有时穿一双灰扑扑的红色短靴搭配呢子外套，有时穿一件旧旧的丝织和服。他单身且职业不明，不知从何时起，店里的人都开始管他叫老师。他吃寿司的动作虽然熟练，却从不假装内行。

他通常会找个位子坐下，把木手杖往地板上一杵，歪着身子望向寿司制作台，懒洋洋地打量玻璃箱里的食材，一边说着"嚯，今天的品种不少啊"，一边接过智代送来的茶水。

"高体鰤的脂肪很厚，今天的蛤蜊也……"

智代的父亲，也就是福寿司老板，偶然发现这位客人有洁癖，每当凑来到店里，他就一边跟他聊天，一边无意识地频繁擦拭菜板和漆盘。

"那么，请用那个帮我捏一份吧。"

"好。"

面对他，老板的回答也与面对其他客人不同。哪怕凑一言不发，智代的父亲也清楚他点寿司的顺序。先从脂肪丰富的金枪鱼开始，然后是蘸了浓缩汁的炖菜，接着是口味清淡的青鳞小鱼，最后再以鸡蛋和海苔卷收尾。除此之外，老板只需把他当天单点的菜品适当加入整个菜单中。

在饮茶或品尝寿司的间隙，凑或是单手托腮，或是两手拄杖，下巴搁在手上发呆，视线时而穿过通透的包间，投向室外山涧树荫下的小河，时而穿过店外洒了水的马路，望着墙外伸过来的茂密栲树枝。

刚开始，智代只觉得这位客人拘谨，渐渐地，她习惯了客人谜一样的视线落点，发现从她送茶过去，到他吃完寿司，他一直在看别的地方，从未看过自己一眼，于是禁不住心生怨念。话虽如此，她又隐隐觉得，真对上那双眼睛，与之长久对视，会产生危险的眩晕感。

智代偶然与凑对上视线，他就会露出礼貌的微笑。这笑与父母的笑不同，让智代在放松之余，从这位上了年纪的客人身上获得一种说不清、道不明的刺激感。因此，在凑凝视其他方向时，坐在厨房烧水壶前的智代会不自觉停下正在刺绣的手，故意咳嗽几声，或弄出些响动，试图吸引凑的目光。凑往往会因此吓一跳，转头看向智代，露出微笑。上下牙齿排列整齐，抿紧的嘴唇松弛下来，法式胡须的一端微微上翘——捏寿司的父亲抬眼看了看，发现只是智代的恶作剧，便又继续面无表情地工作。

凑与这家店的常客总能毫无隔阂地交流。赛马、股票、时局、围棋或将棋、盆栽——大都是常见的话题。凑会让对方说八成，自己只说两成，这并非小瞧对方，也不是嫌对话无聊，因为每当有人举杯敬他，他就会说：

"真是感谢，我身体不好，本来已经不喝酒了，但今天机会难得，就恭敬不如从命吧。"

说着，他数次挥动细长结实的手臂，为表敬意，还爽快地接过酒杯一饮而尽。归还空杯后又熟练地提起酒壶为对方斟酒。这种举动表明他与人为善、知恩图报，所以常客们都说，老师这人真不错。

智代不太喜欢这样的凑，觉得对他而言，这态度过于轻佻。别人一时兴起对他好，他就掏心掏肺地回报，无疑会造成消耗。平时明明一脸阴郁，一旦有人靠近，他就贪婪地汲取那份人情，真是个浅薄的老头。这种时刻，就连凑中指上镶着古埃及甲虫的银戒指，也让智代心烦不已。

凑的回敬让客人心情大好，又给他倒了杯酒，凑顺势笑起来，准备与对方推杯换盏。这时，智代就会踏着木屐走过去，抢下凑手里的酒杯，说：

"不是说喝多了对身体不好吗？别喝了。"

说完，她就替凑把酒杯还给客人，默默走开。这举动不见得是为凑的身体着想，而是出于一种奇怪的嫉妒心理。

"小智挺会照顾人呀，将来会是个好老婆。"

客人说着也不再劝酒。凑苦笑着朝对方施礼，转回自己桌前，端起沉重的茶碗。

智代渐渐对凑产生了一种奇怪的惦念，有时反而冷着脸不理他。看到凑进店，她还装模作样地停下手里的活计，起身离开。凑遭到如此对待，有时反而会爽朗地轻笑一下。但完全见不到智代时，他又显得异常寂寞，望向店外马路或窗外山涧的眼神也比平时更加深邃。

一天，智代提着笼子去主干道上的虫屋买溪树蛙。智代的父亲很爱饲养这类动物，还颇懂门道，但也偶有失误，会养死几只。眼看今年又要入夏，是时候享受溪树蛙清爽的鸣唱了。

快到虫屋门口时，智代看见凑提着玻璃罐从店内走出来。凑没发现她，小心翼翼地护着玻璃罐，徐徐走向另一个方向。

智代进店后立刻报出想买的东西，趁店员往笼子里放蛙，又走出店外留意凑的去向。

拿到装着溪树蛙的笼子后，她急忙追上凑。

"老师，等等我。"

"哦，这不是小智吗，在店外碰到还真难得啊。"

两人一面走，一面向对方展示自己买的东西。凑买了名为"骷髅鱼"的西洋观赏鱼。透过鱼儿琼脂般的身体，能清楚地看到它的骨骼，小小的脏腑往上挤压着鳃部。

"老师住在这附近吗？"

"目前住在附近的公寓里，但不知什么时候就会搬家咯。"

凑难得在店外遇到智代，打算请她喝杯茶，可一路寻找，并未发现满意的店铺。

"总不能提着这玩意儿去银座吧。"

"不用啦，没必要去银座。就在附近找块空地休息吧。"

凑后知后觉似的环顾满街绿树，长长地呼出一口气，说：

"也行啊。"

转出主干道不久，有一片临着崖壁的医院废墟，火灾之后，瓦墙内的残垣宛如古罗马遗迹。智代和凑把手里的笼子放在草丛上，伸直腿坐了下来。

智代虽有很多问题想问，但眼下与凑并肩坐着，好像也没那个必要了。雾一般的气息环绕周身，让她陷入沉默。反倒是凑心情不错地说：

"今天的小智，好像格外成熟啊。"

智代不知该说什么，想了会儿，终于问了些无关紧要的问题。

"你真的喜欢寿司吗？"

"这个嘛……"

"那为什么要来吃？"

"也不是不喜欢，但没有食欲的时候，只有吃寿司能让我心情好转。"

"为什么？"

接着，凑把原委细细道来。

——该说是衰落的旧家族生了个奇怪的孩子吗？也许在危险面前，孩子比大人更加敏锐。预感到大家族的凋敝，孩子在母亲肚里就有了反应——凑以这段话作为开场白，讲起故事来。

那孩子从小就不爱甜食，零食也只吃盐仙贝之类。吃的时候，上下牙齿整齐地从圆形仙贝的一头开始啃。只要仙贝没有严重受潮，大都会发出悦耳的声响。孩子要把嘴里的碎块充分咀嚼、吞咽之后，才咬第二口。上下牙齿再度排列整齐，将仙贝放入其中——仙贝碎裂的瞬间，孩子总会眯起眼睛仔细聆听。

咔嚓。

同样的咔嚓声也有不同的质地。孩子听惯后，就开始区分声音的类型。

当听到某种特定类型的咔嚓声，他会激动得战栗不已。盯着拿仙贝的手陷入沉思，眼中隐隐有泪。

家庭成员只有父母、哥哥、姐姐和用人，大家都觉得他是个怪孩子。他吃东西也很挑剔。讨厌鱼，不喜欢大多数蔬菜，肉类[1]绝对不沾。

父亲明明是个神经质的人，却不时装出大度的样子，跑来打探孩子的进食状况，感叹"这小子居然还活着啊"。他本就胆小，却爱故作大度，加上社会环境整体下行，哪怕家境正在走向败落，他也只是作壁上观，想着"不急，还有救，还有救"，任其无可挽回地败落。孩子的小食案上照例放着炒鸡蛋和干紫菜片。母亲发现父亲在偷看时，连忙用袖子遮住食案，说：

"你在一旁看着就行，不要发出太大的动静，否则他连这点东西也不好意思吃了。"

对那孩子而言，吃东西是件苦差事。一旦吃下色、香、味俱全的食物，他就感觉身体被污染了，心想："就没有空气那样的食物吗？"他虽然会感到饥饿，却不愿随随便便地进食。有时，他会用舌头舔壁龛里冰冷透明的水晶饰品，或是把脸颊贴在上面。实在饿得不行了，他就会大脑放空，慢慢失去意识。那感觉很

---

1 肉类：指红肉，故而鱼肉不算在其中。

像隔着池子眺望没入 A 丘陵的夕阳（凑的老家也在都会一隅，跟这一带地势相似）。他甚至觉得，就这样倒下、死掉也好。不过，遇到这种情况，他还是会强行把手塞进饿扁的肚子外那束得紧紧的腰带里，保持身体前倾的姿势，仰起头呼唤：

"母亲。"

孩子呼唤的并非现实中的母亲。虽然生母是全家上下他最喜欢的人，但对他来说，似乎还有一位可以称之为"母亲"的人。如果那人此刻响应他的呼唤而出现，他肯定会吓晕过去。但呼唤这种行为本身，却让他悲欣交集。

"母亲，母亲。"

孩子的声音像风中战栗的薄纸般持续着。

"唉——"

现实中的母亲应声出现了。

"哎呀，你这孩子，怎么跑到这种地方来了？"

母亲晃着他的肩膀，直直地看向他。面对母亲的误会，孩子羞得脸都红了。

"所以说，每天三顿饭都要好好吃啊，拜托你乖乖听话吧。"

母亲担心得喉头哽咽，之后，她终于发现了最适合孩子的食物：鸡蛋和干紫菜片。孩子虽然不爱吃，却也不会感觉身体被污染。

他偶尔还是会被一种难以言喻的苦闷填满。这时，就会渴望一切带酸味的柔软食物，咀嚼新鲜的梅子，或挖出橘子的果肉。到了梅雨季节，他就像在山丘水涧里啄食的小鸟，熟知都市的哪些地方能找到果实。

孩子在小学里的成绩很好，任何东西只要见过或听过一次，就会深深烙印在他的脑海。对他来说，学校的功课简单到无聊，因厌倦产生的冷淡又让他学得更好。

无论在家里还是学校，大家都觉得他异于常人。

父母在房间里吵了很久，最后，母亲找到孩子，语重心长地对他说：

"就因为你越来越瘦，学校老师和领导都在议论，说我们家不讲卫生。这话传到你父亲耳里，他又是那种性格，就跑来找我的麻烦了。"

接着母亲双手触地，对孩子磕了个头："总之拜托了，多吃点你不讨厌的东西，长胖些，否则我每天都寝食难安。"

孩子意识到，这奇怪的习惯终于让他犯下了早有预感的罪行。他太坏了，竟然让母亲给自己磕头。他突然脸如火烧，身体不断颤抖。奇怪的是，他的内心却很平静。他已经是个不孝的罪人了。既如此，自取灭亡也不可惜。那就什么都尝尝看吧。就算吃了不喜欢的东西浑身发抖，反复呕吐，体内污浊腐烂，就此死去也好。比起活着没完没了地挑食、给自己和他人都添堵，这样死了反倒更好……

孩子开始假装平静，和家人吃一样的东西，但吃完就吐了。他虽然极力让口腔和咽喉保持无感，但一想到吞下去的东西被母亲之外的女人碰过，胃袋就会立刻挤出那些食物——女仆裙角下的褪色红衬裙，贴在煮饭婆脸上的黑鬓发，这类画面在他脑海里暴力地搅动。

哥哥姐姐露出嫌恶的表情。父亲斜眼瞥了瞥孩子，若无其事地满上自己的酒杯。母亲一面收拾孩子的呕吐物，一面怨恨地看着父亲，叹道：

"你看，不全是我的错吧？这孩子本就是这种体质。"

但在父亲面前，母亲还是那么战战兢兢。

翌日，母亲在浓绿掩映的檐廊上铺了崭新的席子，拿出新买的菜板、菜刀、水桶、纱罩等。

她让孩子坐在自己与案板对面。孩子身前的食案上有个盘子。

母亲卷起袖子，伸出粉色的手掌，像魔术师一样把手心手背展示给孩子看，接着一边搓手，一边提高音调："看好咯，工具都是全新的，做这些的是你母亲。手也已经洗得很干净了。明白吗？明白的话，我们就开始吧。"

盆里有刚煮好的米饭，母亲把醋加入其中后拌匀，母子俩都被呛得咳嗽起来。接着，母亲把饭盆放在一边，从中抓出一把米饭，用手捏成小小的长方体。

纱罩中放着准备好的寿司食材。母亲迅速从里面拿出一片，轻轻按在长方体的米饭上，接着把它放进孩子跟前食案上的盘子里。那是一枚鸡蛋烧寿司。

"你看，这是寿司。寿司哦。可以直接用手拿起来吃。"

孩子照办了。如同赤裸肌肤被抚摸般恰到好处的酸味，与米饭、鸡蛋的甜味交织在一起，裹住整个舌头——吃完后，美味与惬意像温热的香汤灌进孩子体内，让他想亲近母亲。

孩子不好意思说好吃，只是咧嘴笑了笑，抬头看着母亲的脸。

"再来一个，可以吧？"

母亲又像魔术师那样把手掌翻来覆去展示完，捏好米饭，从纱罩内取出一片食材按在上面，搁在孩子的盘里。

这次，孩子一脸嫌恶地看着米饭上那块白色的长方形切片。母亲见状，摆出严肃却不至于让他害怕的表情说：

"没什么可怕的，就当是白色的鸡蛋烧，把它吃了吧。"

就这样，孩子有生以来第一次吃了墨鱼：如象牙般光滑，比年糕口感更佳。在吃墨鱼寿司的冒险进行到高潮时，长时间堵在孩子胸中那口气忽然通畅了，笑意在他脸上绽放，阐释着美味的感觉。

这回，母亲在米饭上按了块洁白剔透的切片。孩子拿起时，闻到一股刺鼻的气味，他捏着鼻子，一口气塞进嘴里。

洁白剔透的切片嚼烂后成了优雅的美味，刚好顺着孩子细小的喉管进了肚。

"刚才那个，确实是真正的鱼肉。我可以吃鱼了——"

意识到这件事，孩子头一次产生了咬死活物的新鲜感与征服欲，高兴得想昭告天下。因为太开心，他用蠢蠢欲动的手指不断挠着发痒的侧腹。

"嘻嘻嘻嘻嘻。"

孩子情绪高亢，一个劲儿地大笑。母亲知道自己胜利在望，把手指上的饭粒一颗颗拂落后，故作平静地躲着孩子，看了看纱罩内部，说：

"这次用什么呢……不过……不知道还有没有呢……"

孩子焦急地尖叫出声：

"寿司！寿司！"

母亲努力抑制心中的激动，摆出略显呆滞的表情——在孩子眼里，这是母亲所有表情里他最喜欢的，也是让他一生难忘的美丽容颜：

"那么，接下来也是客人您喜欢的口味。"

母亲照例把粉色的手掌放在孩子眼前，像魔术师一样翻来覆去地展示完，开始捏起寿司。这次也是放了白色鱼肉的寿司。

母亲大概从一开始就特意选了没有颜色、没有腥味的鲷鱼和比目鱼。

孩子继续吃着。两人的手渐渐像是在比赛，一个人捏好寿司放进盘里，另一个人就从盘里拿走寿司吃掉。母子俩沉迷其中，一味做着机械运动。五六个寿司被捏好，被拿走，被吃掉——这个过程渐渐形成了有趣的节奏。母亲手法业余，捏的寿司大小不一，形状也不太美观。有时放进盘子会突然塌掉，上面的食材散落在旁。孩子反倒从中体会到一种爱，觉得自己调整好形状再吃的寿司更美味。他突然觉得，平时偷偷呼唤的那个幻想中的母亲与眼前捏寿司的母亲渐渐重合，几乎要融为一体了。他渴望她们融为一体，也害怕她们融为一体。

自己一直偷偷呼唤的母亲真的就是眼前的母亲吗？如果真是如此，她喂自己吃了这么多美味的食物，自己却偷偷思念另一位母亲，也太对不起她了。

"好啦，今天就吃到这里吧。真听话。"

眼前的母亲开心地拍了拍沾满饭粒的粉色手掌。

之后又有五六次，孩子渐渐习惯了母亲手做的寿司。

无论是石榴花颜色的魁蛤肉，还是体表有两条银色竖纹的针鱼，孩子都能吃下去了。往后，普通饭菜里的鱼肉也能入口了。他的身体越来越健康，跟从前判若两人。进入中学时，他已经长成一个俊美、结实的少年，走在路上回头率颇高。

接下来，怪事发生了。至今都很冷淡的父亲突然对少年产生了兴趣。时而在晚餐时跟他对饮，时而带他去打桌球、喝花酒。

其间，这个家庭逐渐败落。父亲却很享受地看着身穿藏青底碎白纹和服的俊美儿子口衔杯盏，被外面的女人阿谀奉承，觉得一切都是自己的功劳。儿子长到十六七岁，终于成了个耽溺酒色的浪子。

母亲毕竟花了很多工夫养育这孩子，见他被父亲引入歧途，气得简直要发狂。父亲对此却毫无争辩欲，只是一个劲儿地苦笑。儿子渐渐发现，父母是在通过争吵来化解家庭即将倾覆的郁结，心里觉得很没意思。

对他来说，即使去上学，课程也简单得一眼就能望到头。中学期间，他没用功就取得了好成绩，从高中考进大学也毫不费力。话虽如此，他却长期怀抱着难以言说的苦闷，即使拼命寻找驱散方法，也始终无果。在无止境的忧郁和无聊的玩乐中，他从大学毕业，进入了职场。

这时，他家已经完全没落，父母兄姐先后去世。他头脑聪明，无论在哪里都颇受器重，但不知为何，却对升职加薪毫无欲望。在第二任妻子去世，自己也快满五十岁的时候，他靠一些投机行为赚了笔钱，足够自己度过余生，看清这一点后，他就以此为契机辞职了。再往后，他辗转于公寓、出租房，过上了居无定所的生活。

刚才那故事里的孩子和长大后的儿子，就是我。在漫长的讲述之后，凑对智代如此说道。

"啊，我明白了。老师是因此才喜欢寿司吧。"

"也不是，成年以后就没那么喜欢了。最近可能是因为上了年纪，频繁地想起母亲，顺带也就想吃寿司了。"

两人所在的医院废墟某处，有个尚未倒塌的枯朽藤架，荆棘般的藤蔓垂落地面，尖端竟还有大簇的新叶，瘦弱的紫色花如水滴般绽放其间。原本装饰庭石的八潮杜鹃[1]盛开在没有石头的凹槽旁，带着灼烧后的焦黑痕迹，绽放出白色的花朵。

庭院尽头的山崖下是电车轨道，"轰隆隆"的电车通行声不时传来。

龙须草间的紫色鸢尾在晚风中摇曳，两人近旁那

---

1 八潮杜鹃：春天开在山岳地带，花色为粉红色、白色、紫色，是杜鹃花的一种。

棵粗壮的棕榈树影子渐渐斜向草丛。智代放在那儿的笼子里，溪树蛙叫了两三声。

两人含笑对视。

"呀，已经这么晚了。小智该回家了。"

智代捧着装有溪树蛙的笼子站起来。凑把自己买的那条骨骼通透的骷髅鱼也送给她，起身离开。

此后，凑再也没有出现在福寿司。

"老师最近都不来了呢。"

常客中有人怀疑地问起，但也很快将此抛诸脑后。

智代后悔没在告别时打听凑的住址。因为无法前往探访，只能在医院废墟里伫立片刻，环视四周，坐在石头上想一想凑，偶尔还会眼泛泪花，然后呆呆地回到店里。但她很快也不再去了。

近来，每当想起凑，智代只会含混地猜测：

"老师大概搬去别的地方，光顾别的寿司店了吧……毕竟寿司店哪儿都有……"

（昭和十四年一月）

<ruby>家灵<rt>かれい</rt></ruby>

人为什么会

如此恐惧衰老呢

若是年华老去

保持衰老的模样就好啊

山手的高台处，有一条电车交会的十字路。十字间又岔出一条坡道，伸向低矮的下町方向。坡道上的八幡宫内院，正对着当地有名的泥鳅店。擦得干净发亮的细密格子正中是敞开的大门，门上挂着旧暖帘，暖帘上用别具一格的字体染着白色的"命"[1]字。

泥鳅、鲇鱼、甲鱼、河豚，夏季还有水氽鲸鱼片[2]——因为这类食物能给身体提供精气与养分，店铺创始人就取了个绝妙的店名："命"。当时想必也令人耳目一新，中间数十年却沦为极其平庸的字眼，再也没人关心。不过，凭借独特的菜品与低廉的价格，店里的客源也从未断绝。

---

1 命：此处暖帘上所染文字为日文假名"いのち"，意为"命"。

2 水氽鲸鱼片：把鲸鱼尾部或带皮的肥肉盐渍后切成薄片，用热水焯掉盐分与脂肪，再放进冷水，夹起来蘸醋酱吃。

距今四五年前是个浪漫的时代，"命"字让人在心底燃起某种对不安的迷恋、源于虚无的冒险精神，或是对黎明的执着追求。于是，这家店门口饱经风霜的暖帘文字也一扫几十年的尘埃，给周边的现代青年带来一种即兴的刺激。他们来到店门口，会望着暖帘上的文字，故作深沉地说：

"好累啊。不如去吃个'命'吧。"

同行的朋友听了，则摆出深谙世事的模样说：

"小心反被'命'吃了。"

他们相互拍拍肩，簇拥着走进店内。

客席是间宽敞的和式房间。冰凉的藤编榻榻米上铺满细长木板搭成的方形餐桌。

客人或是脱鞋进屋就座，或是直接坐在素土地面的椅子上，靠着餐桌吃喝。点的食物以蒸煮类居多。

房间四壁被烟雾和蒸汽熏得很脏，似乎只有店员摸得着的地方用毛巾擦过，板墙下半闪着红铜色的光，靠近天花板的上半部分则跟炉灶一样黑。室内的枝形吊灯不分昼夜地散发出明亮的光芒，煞白的灯光映得和式房间宛如洞窟，当光线照向客人用筷子从嘴里抽出的鱼骨，那骨头就像是白色的珊瑚枝，光照向盘里高高的葱白堆，葱白就发出玉石般的粼光。如此一来，满座客人也像是一群参加飨宴的饿鬼。这大概归咎于客人们进食的动作僵硬，仿佛在啃食某种诡秘之物。

板墙的一面有个不大不小的窗口，向外支出一个搁板。客人点的食物就是从厨房端到这里，再由打杂小妹端给客人。客人付账时也把钱放在这块板子上。从前都是老板娘打理店内事务，收钱时斜倚在窗内账台旁，露出白皙的脸。如今，那张脸换成她女儿久米子小麦色的脸。为了监督打杂小妹、留意客座状况，久米子不时透过窗口向外望。每当这时，学生们就会怪叫出声。久米子听了，苦笑着嘱咐小妹：

"他们闹得太凶了，你多拿点调味料过去吧。"

小妹强忍笑意，把大量葱花装进调料盒，送到学生们桌上。满满一堆小葱释放出呛人的味道，学生们因博得久米子的注意，发出得逞的欢呼。

七八个月前，久米子回到这家店，代替生病的母亲坐进了账台。她从进入女校开始，就百般厌恶这个洞窟般的家，也接受不了这种专给耄耋老人、体力劳动者提供食饵疗法似的家庭职业。

人为什么会如此恐惧衰老呢？若是年华老去，保持衰老的模样就好啊。那些味道刺激、油光闪闪的所谓"精力"之物，简直再下流不过。从前，久米子闻到初夏栲树嫩叶的气味都会头痛不已。比起栲树的嫩叶，她更爱傍晚透过叶片缝隙望见的月亮。这或许是因为她本身就充满了年轻的活力。

店里代代相传的惯例是，男人负责进货和料理食物，妻女负责管账。既然自己是独生女，迟早也要找个平凡的丈夫，一辈子看守这个饿鬼窟。每当想起忠实践行这份职责的母亲为了家庭变得如此麻木不仁，想起那张能乐小面[1]似的灰白脸孔，久米子就止不住战栗地想："我也会变成那样吗？"

久米子也曾趁着中学毕业的机会离家出走，踏上职业女性的道路。三年间，她闭口不提工作与生活，只从栖身的公寓寄明信片回家作为联络。关于那三年，如今她能想起的，也只剩花蝴蝶般闪亮穿梭于华丽的职场，与男性友人如蚂蚁互碰触角般肤浅的寒暄。那段日子就像做梦，同样的事循环往复，时间一长，她也终于感到厌倦。

母亲因病需要长期卧床，她被亲戚们唤回家时，给人的印象也只是徒长年纪，并未变得多么成熟。母

---

1 小面：能乐主角佩戴的面具之一，代表年轻女性。小面的表情似笑非笑，没有明显的喜怒哀乐，呈现出一种毫无生气的幽暗之美。

亲问她："迄今为止，你都干了些什么？"她只是"嘿嘿"傻笑。

回应的姿态里有种拒绝打探的随和。母亲没再逼问，只说："从明天起，账台就交给你咯。"她又"嘿嘿"笑了。其实他们家的人一直都羞于谈心，从没有过任何严肃的讨论。

久米子多少有些自暴自弃，所以这次没怎么抵触就接手了账台。

逼近岁暮的一天，风吹走坡上的沙石，木屐齿冰冷的声音响彻干冷的路面。那夜很冷，声音不断钻进脑仁，坡上十字路口的电车嘎吱声、附近八幡宫内院树丛的沙沙声混在风里，清晰得如临耳畔，又像盲人在远处呢喃。久米子心想，倘若此时爬上坡顶眺望，下町明灭的灯光大概就像冬日海上的渔火吧。

座席上最后一位客人离店后，煮得软烂的食物气味与香烟燃烧的雾气缭绕在枝形吊灯周围。打杂小妹与外送员取出火盆里剩余的火种放进石炉，围在旁边烤火。久米子莫名讨厌这种深沉的夜晚，为了缓和情绪，而不断翻阅时尚杂志与电影公司的宣传杂志。距离十点钟闭店还有一个多小时，但应该不会有客人上门了。她正琢磨着闭店时，年轻的外送员披着一身寒意回来了。

"小姐，我路过后巷的时候遇到德永，他又点了一人份的泥鳅汤加米饭。怎么办？"

打杂小妹正觉无聊，此刻抬起头，唯恐天下不乱地说：

"他脸皮真厚啊。都欠账一百多日元了，一文不付，居然又来——"

说完就透过窗窥视账台处的久米子，猜测她的反应。

"真让人头疼啊。不过母亲还在店里的时候就一直任他欠账，今天也照常给他送去吧。"

在炉边烤火的年长的外送员听了，罕见地抬头道：

"不行啊小姐。这都年末了，必须清算一番。不然明年他还会继续拖欠。"

这位年长的外送员在店里干了很久，他的意见不得不听。于是久米子从善如流：

"那，就按你说的办吧。"

店里给员工准备的消夜是一大碗加了油炸豆腐的乌冬面。久米子也接过一碗，吹着碗里的热气吃起来。吃完面，巡逻的防火员来了，梆子敲在薄薄的玻璃拉门上，就算没到闭店时间也得关门。

此时，有人穿着草鞋"啪嗒啪嗒"地靠近，轻轻拉开店铺的大门。

满脸胡须的德永老人出现在门外。

"晚上好，真冷呀。"

店里的人都假装没看到他。老人一面窥探大家的神色，担忧又不失狡猾地弯腰低头，小声问：

"那个……我点的……泥鳅汤配饭还没……"

接单的外送员有些不好意思地说：

"抱歉啊，我们要关门了。"

说完，年长的外送员猛地瞪他一眼，用下巴示意：

"跟他说实话啊。"

年轻的外送员只好说，非常抱歉，虽然您每回赊账的金额很少，但日积月累下来，也有一百多日元了。这次若不能多少付点，我们店年末就没法儿清账。

"况且，眼下已经换成小姐管账了。"

老人听罢，不自觉地搓着两只手说：

"啊，是这样啊。"

然后歪了歪头：

"这会儿太冷了，总之先让我进去好吗？"

说着就"咔嗒咔嗒"拉开门进来了。

打杂小妹不肯拿出坐垫，老人只好独自坐在宽敞冰冷的藤编榻榻米中央，像等待审判的罪人，看上去很可怜。他虽然穿得臃肿，骨架很大，但不怎么结实，左手习惯性地揣在怀里，按住肋骨边缘。几乎纯白的头发束在头顶，棱角分明的五官线条过于锋利，显得苦命。与儒雅的脸形成强烈反差的是他的穿着，皱巴巴的腰带上挂着围裙，坐下时，浅黄的单裤从和服下摆露出，脚上还穿着黑色的灯芯绒袜子。

一开始，老人振振有词地对久米子和店员们说起经济的萧条，自己从事的雕金工作多么不被需要，结结巴巴地解释正是出于这个原因，他才付不起账。可当他为了强调这个理由，转而说起这份职业的罕见程度时，语气突然变得骄傲且热情澎湃。

笔者想在此说明的是，这位老人手舞足蹈的说话方式不限今晚，情绪也说不上得意或是感慨。

"我的雕金手法跟常人不同，叫作片切雕[1]。说到底，雕金这种工作是以金裁金的技术，轻易学不会。因为需要精气神，每天不吃泥鳅汤就使不出力。"

老人谈论这些并非出于某种目的，而是自我中心

---

1 片切雕：雕金的一种技法。将錾子斜斜打入金属表面，雕刻出肥瘦各异的线条。

主义发作，沉迷于侃侃而谈的感觉，就像老去的名匠，想在各种场合中引人注意。他从自己从事的片切雕说起，讲到元禄时代的名匠横谷宗珉[1]，说这是中兴之艺，还得意扬扬地说，以剑道作比，这就是所谓的一招定胜负。

他做出左手拿錾、右手持锤的模样，固定好姿势，深吸一口气，将力量集中在下腹。虽然只是模仿工作时的样子，但姿势确实挺像那么回事。看似柔软，却有种无坚不摧的稳定感。炉边的外送员和打杂小妹都被老人的气息牵引着，直起绷紧的身体。

老人一度放松下来，"嘿嘿"笑着说：

"如果是普通的雕金，这样，或者这样，只要略施小计就能雕好。"

说到这里，他像落语家[2]那样弓起背，笨拙地转动两只手腕，摆出睡眼惺忪的模样操作錾子和锤子，动作夸张，浅白易懂。外送员和小妹都忍不住笑了。

"不过，换成片切雕的话……"

---

1 横谷宗珉：江户中期的饰剑金工师。早期在江户幕府雕刻物的御用家族后藤家担任草图绘师，后来自立门户，创造了以名家绘画为底稿的雕刻风格，代表技艺是片切雕。

2 落语家：以表演落语（类似中国的单口相声）为职业的人。表演者跪坐在台上讲述诙谐幽默的故事，配上各种生动形象的动作，旨在引人发笑。

老人再次摆出之前那种堂堂之姿，徐徐睁开闭上的眼，青莲似的锐利目光从深色瞳孔中静静扫来。他的左手精准地停在一个位置，右手腕从肩部发力使劲儿伸长，又以肩部为中心在右上方画圆，拟作锤子的右拳砸向拟作錾子的左拳。窗内的久米子把这一切尽收眼底。她忽然想起曾在学校看到的希腊石膏像，投掷铁饼的青年像[1]，那只持铁饼的右手腕年轻、漂亮而紧致，伸长到了人类身体结构所能达到的极限。在老人"哐当"砸下的气势中，破坏的憎恶与创造的欢愉合二为一，发出声嘶力竭的呐喊。急速的力量中潜藏着超脱人性、善恶不明的属性。老人拟作锤子不断上下的手描画着天体轨道般的弧线，令观众感受到无限，却又在即将碰撞拟作錾子那手的瞬间，猛然停顿在固定的距离之外，仿佛踩了刹车似的。这就是所谓的技艺涵养吧。老人把这套动作反复操练了五六遍，才放松身体。

"大伙儿明白了吧？"他说，"所以，不吃泥鳅不行啊。"

事实上，老人次次都会上演这套流程。只要他一

---

1 投掷铁饼的青年像：即希腊雕塑《掷铁饼者》。

开始，店里人就会暂时忘记自己身在何处，忘记这里是东京的山手，被那种愉快的危机感、规律的奔放感所迷惑，认真凝视老人的脸。没想到他一席真挚的话语，到头来又落回了泥鳅，众人禁不住哄笑起来。老人努力不露出尴尬的神色，恢复了工匠的自负："还有，这个錾子的刀尖有阴、阳两种使用方法——牡丹有牡丹的妖艳生命，唐狮子有唐狮子的豪爽性情。"话题很快转向雕刻两种花纹的刀刃用法。接着，老人的动作越发繁复，仿佛啜饮甘露似的陶醉其中，说起使用这种技艺在硬金属版上雕刻活物的过程有多绝妙。那是唯有工匠才能体会的欢愉，店里人都觉得无趣。不过，等他们觉得话题差不多该结束的时候，会告诉他：

"今晚就再给您送一次。请回家等着吧。"

接着送走老人，关上店门。

一个同样有风的夜晚，巡夜人刚刚敲着梆子经过，店里伙计就关上门泡澡去了。老人像是瞅准时机似的，悄无声息地潜入店内。

他面朝久米子所在的窗户坐了下来。宽阔的座席之中，百无聊赖的深夜时光在老人身上流淌。今晚的他垂头丧气，一副下定决心的模样。

"我年轻的时候就很喜欢吃泥鳅。干这种消耗精力的活儿，不吃点滋补的东西就没法继续。我在这长屋住了二十多年，说落魄也确实。无论单身生活多么苦闷寂寞，只要一想到那长着尾鳍、柳叶似的小鱼，我就浑身舒坦，对我来说，它们不仅仅是食物。"

老人说着颠三倒四的话，再三央求。

被人嫉妒，被人轻蔑，心魔涌动之时，只要把那种小鱼含在嘴里，用门牙"咔嚓咔嚓"从头慢慢嚼到尾，恨意就会转移其上，转而催生温柔的泪水。

"被吃的小鱼可怜，吃鱼的我也可怜。我们都很悲惨。但也仅此而已。我不怎么想娶老婆，只喜欢惹人怜爱的事物。这种时候，只要看到那些小鱼，就不会那么难受了。"

老人终于从怀里掏出一张棉手绢，擤了擤鼻涕，以"在老板娘的女儿面前说这些不大好"起头，说道："老板娘非常通情达理。我以前也因为还不起欠账而心情抑郁，厚着脸皮趁夜跑来解释。老板娘刚好就在你现在的位置，坐在账台边懒懒地支着下巴，从窗内露出脸来。她说'德永先生，只要你想吃泥鳅，我都会给你。不用担心，作为交换，你得把自己倾力打造的最满意的作品给我，开个价卖给我也成。这样就行了。

她反复说'真的只要这样就行了'。"老人说完又擤了擤鼻涕。

"老板娘那会儿还年轻。差不多在你这个年龄就嫁了人。可怜她丈夫是个浪荡子，对家里不管不顾，在四谷、赤坂一带颇有虚名。老板娘一直忍耐，从没离开过账台。偶尔透过窗，能看到她那张极度渴望关怀的脸。没办法，毕竟是个大活人，不可能那么简单就变成冷冰冰的石头。"

德永当时也还年轻，不忍看年轻的老板娘变成行尸走肉。说实话，他不止一次想强行把她带出那扇窗。可与之相对，自己被这个木乃伊似的女人吸引，又会有什么下场呢？这样想着，他也多次试图逃走。可只要凝视老板娘的脸，以上两种冲动都会消失无踪。老板娘的表情仿佛在说——如果她真干出什么错事，哪怕用一辈子赔偿，也无法挽回给这个家造成的遗憾。但如果这世上再没有人关心她，她也会立即崩溃、灰飞烟灭……

"我想着，至少要用我这身技艺，把生命的气息、返老还童的力量经由这扇窗，捎带给日渐麻木的老板娘，于是我竭尽全力地挥舞錾子和锤子，把力量注入我最擅长的片切雕。"

为了安慰老板娘，德永不断努力锤炼技艺，不知不觉间，竟成了继明治时代的名匠加纳夏雄[1]以来技艺最高超的人。

然而，栩栩如生的作品无法量产。德永百里挑一地选出几个满意的物件送给老板娘，又卖掉七八件稍次的充当生活费，剩下的以不喜欢为由头，全部回炉重铸。"老板娘有时会把我送的簪子插在头上，有时会拔下来细细打量。那一刻的她看着很有活力。"但德永终究没能扬名天下。虽说是出于无奈，但岁月实在无情。

"一开始，我是在装饰高岛田发髻的大扁簪上刻柳樱，接着，是在装饰圆髻的玉簪周围雕夏菊和杜鹃，再往后，是在细长的挖耳勺式发簪上精雕细琢胡枝子、女郎花之类。到这时，几乎再没什么能难倒我了。我最后送给她的是两三年前雕的一根单足古风簪，簪颈处雕了只呼朋引伴的鸻。彼时，我已经把这门手艺学通了。"

说到这里，德永已经筋疲力尽："老实说，我已经没法支付欠账了。我的身体越来越虚弱，干活儿也

---

1 加纳夏雄（1828—1898），幕末到明治时期的金工师，堪称日本工艺史上最杰出的金工之一。

提不起劲头。老板娘没剩多少日子，大概也不需要簪子了吧。可要是吃不到长年来用作消夜的泥鳅汤配饭，我真的很难熬过这冬日的夜晚，到早上就会冻僵。我们雕金师是靠一把錾子活一辈子，只顾当下，不考虑明天。你既是老板娘的女儿，拜托今晚再给我五六条那种细细的小鱼吧。就算要死，我也不想死在这万物凋零的冬夜。今天一整晚，我想慢慢咀嚼那些小鱼的生命，把它们吸入我的骨髓，好继续活下去……"

德永叹息着祈求，就像阿拉伯民族对落日朝拜时那样，脸朝天花板，像石狮一样蹲守，哀切倾诉的声音犹如在低吟咒文。

久米子忘我地从账台旁站起身来。带着些许陶醉，晃晃悠悠地走向厨房。厨师们都走了，厨房空无一人。只有落向鱼笼的水滴声清晰可闻。

久米子在唯一亮着的电灯下找了找，看到一口盖着的大缸。缸里是为明天准备的泥鳅，此刻正泡在生酒里，还有几条歪歪扭扭地伸出头来。平日里看着就心烦的小鱼，此刻却显得亲切无比。久米子卷起小麦色手腕上的袖子，把泥鳅一条一条捞进带柄的锅中。捏在指尖的小鱼偶尔会蠕动，那颤动就像钻进心里的电流，瞬间激起一阵奇妙的私语——生命的呼应。

久米子把汤汁和味噌汁倒进锅里，抓了些牛蒡放进去，拧开瓦斯炉。待煮熟的小鱼翻着白肚浮上来时，就把烧热的汤汁舀进朱漆大碗，又抓了把花椒放在盖子的把手上，和饭屉一同递出窗口。

"米饭可能有点凉了哦。"

老人喜出望外，踮起穿灯芯绒袜子的脚，小心翼翼地接过汤和饭，装进店里的外送盒，然后打开侧门，小偷似的消失无踪。

长期卧病的母亲在被宣告患了无法治愈的癌症后，突然心情好转，说到了这步田地，终于能随心所欲地活了。她把床铺在早春的阳光里，坐起来吃着东西，用极为罕见的长辈语气跟久米子聊天。

"真是奇怪呀。这个家里每一代老板娘都嫁了个浪荡子。我母亲是这样，我外婆也是这样。不用觉得丢脸。只要忍耐下去，死守账台，生意总能做下去的。另外还有件怪事，每代老板娘都会遇到一个拼了命为自己付出的人。我母亲遇到了，我外婆也遇到了。所以呀，你心里要有个底。如果将来某天，你也遇到类似的事，千万不要害怕。我先告诉你一声——"

母亲说，人死之前脸很脏，要敷层薄薄的香粉，叫女儿把橱柜里的琴柱箱[1]拿过来。

"我真正拥有的东西只有它们。"

说着，她把脸贴在箱子上，无比怀念地摇了两三下。箱子里传来德永倾力雕刻的大量金银簪的声响。母亲一面听，一面发出"咯咯"的欢笑声，声音宛如纯洁的小女孩。

此后，久米子心里日夜纠缠着两种情绪：试图遵从命运而生出的不安与蓬勃勇气，坚信救赎而产生的寂寞与虔敬。当情绪膨胀到令人难以呼吸，她就像个技巧丰富的驯狗人，将其驱逐出境，同时朦胧地思考："何为年轻？"有时，她也会应那群常来光顾的学生邀请，伴着口哨声散步至坡顶。山谷另一边的都市天边，晚霞低得触手可及。

久米子含着学生给她的水果糖站在那里，心想："如果这些青年里有人会跟自己产生交集，谁会是令人烦恼的放浪丈夫？谁又会是拼命拯救自己的人呢？"她漫不经心猜想着，渐渐起了兴致。但没过多久，她

1 琴柱箱：可以用作琴台的箱子。

又借故"店里还忙",揣着手独自回店,坐进窗口中。

德永老人越发枯瘦,他依旧每晚前来,死命地讨要泥鳅汤。

（昭和十四年一月）

ろうぎしょう
老妓抄

我们这一生多么迟缓啊
就像把灯笼点亮又熄灭
熄灭又点亮

平出园子虽是老妓的本名，但就像歌舞伎演员的户籍姓名[1]，叫人对不上号。话虽如此，艺名"小园"又质朴过头，与她如今的气质不符。

所以我想，这里还是称她为老妓吧。

她总是出现在正午时分的百货商店。

梳着不起眼的西式发型，穿一身朴素的市乐织和服，带着个年轻女佣，满脸忧郁地漫步店中。她两手懒懒地垂在纤长的体侧，有一搭没一搭地在同个地点数次盘桓，很快又像被风筝线牵走一般，出现在意想不到的远处卖场。除了正午的寂寥，她心中空无一物。

就这样，她忘了自己只是在这正午的寂寥里小憩片刻，一旦发现亮眼的物件，就会缓缓舒展泛青的细

---

1 户籍姓名：歌舞伎演员都有代代沿用的屋号，一般都以此称呼，而不使用户籍上的姓名。

长眉眼，像欣赏梦中牡丹一般望着那物件。嘴唇微抿似少女，嘴角弯弯泛出微笑，接着又回到忧郁的表情。

在店里工作时，如果遇上劲敌，她会先呆愣片刻，然后快活地打开话匣子。

新喜乐屋的上代老板娘还在世时，偶尔会跟老妓及另一位新桥艺妓坐在一起闲聊，内容富含机智与跳跃性，就连资历不浅的艺妓也会以"学习谈话技巧"为由，撇下客人跑到几个老女人身边。

那两人不在的时候，老妓也会出于照顾后辈的心理，给同行的年轻女子讲些经验之谈。

她从自己尚且青涩的雏妓时代讲起，说当时只因客人与前辈调笑的内容太露骨，她在榻榻米上笑得不能自已，破坏了气氛，继而大哭。接着说她给人当小妾时与情人私奔，丈夫竟以母亲为人质要挟她。再往后是她自立门户，手下有了两三个姑娘时，表面风光，私底下却为了借五日元现金，搭乘月末结算的十二日元横滨线列车去找人。即使内容大同小异，她也要换个讲法反复叙述，直到在座的年轻艺妓都笑得筋疲力尽才罢休。她讲起故事十分忘我，步步紧逼的方式犹如怪物附体，朝在座的女人们伸出诱惑的魔爪。有时甚至像心生嫉妒的老女人，在对年轻女子施以巧妙的苛责与折磨。

最后，年轻的艺妓们笑得前俯后仰，头发凌乱，按着两侧小腹不断喘气。

"姐姐，拜托别再讲啦。再让我们笑下去，可就要死人了。"

老妓从不谈论活人的是非，她那抽丝剥茧的独特洞察力，只会用在离世的故人身上。其中不乏出人意料的业外人士或演员。

据说中国名旦梅兰芳来日本帝国剧场演出时，老妓拜托斡旋此事的富豪："请帮忙找个机会，让我见他一面，价钱随你开。"富豪却委婉拒绝了。不知这事是真是假，但也成了她的谈资之一。

有位艺妓笑得实在难受，半带报复性质地问：

"姐姐，你当时真的从腰带内衬[1]里掏出存折，对那位先生说'钱都在这儿了'吗？"

老妓闻言道："怎么可能？又不是小孩子，什么腰带内衬啊……"

说着，她就孩子气地摆出气鼓鼓的样子。无论真相如何，仅仅是为了见到她这天真无邪的模样，年轻女孩们也会时不时重提旧事。

---

1 腰带内衬：衣服与腰带之间的长条衬布。

"不过，你们要知道，"小园讲完故事又说，"无论换多少男人，也只是在寻觅某个特定的男人。现在回头想想，吸引我的每个男人留给我最深的印象，都是我所寻觅之人应当具备的种种特质，充其量只是他的碎片而已。所以呀，我跟谁也处不长久。"

"那，你寻觅的男人究竟是……"年轻的艺妓们反问道。

"如果知道，就不会这么辛苦了呀。"那个男人就像初恋，又像未来某天可能出现的人，她露出日常生活中的忧郁之美，说，"到了我这地步，就开始羡慕正经人家的女儿了。跟父母选好的男人相伴一生，坚定地生下孩子，为孩子努力付出，至死方休。"

听到这里，年轻艺妓们便说，姐姐这故事虽然不错，但结尾太叫人惆怅了。

小园辛苦多年，终于积攒了一笔财产，大约十年前有了工作自主权，从那时起，她就莫名渴望拥有健康平凡的生活。这种渴望表现在两个方面，第一，她把经营艺妓屋的店面与自住的那间带仓库的主屋分开，又把住宅大门从安静的小巷迁到主干道一侧；第二，她收养了远亲家的女儿，供她在女校读书。此外，她还开始学习新时代的知识，这或许也是上述那种渴望的表现之一。经由下町某位熟人介绍，她来到笔者身边学习和歌，当时她表达过以下想法。

"艺妓就像菜刀，无须特别锋利，只要恰到好处，知识也一样。请您按照这个分寸来教我吧。我年纪不小了，近来接待文人雅士的机会也变多了。"

我用一年左右的时间，测试了这位与我母亲年纪相当的老女人的技能，发现她虽有和歌的素养，但性格更适合俳句，于是把她引荐给相识的女俳人。老妓为了答谢我先前的指导，托她熟识的工匠在我家中庭造了个庶民风格的喷泉池。

她把自住的主屋改建为和洋折中的风格并装上电器，原本是出于攀比心理，不想输给自己工作的料亭[1]。但装好之后，她又从这些文明利器的工作原理中，体悟到某种健康而神秘的东西。

例如，能把冷水变成热水流出龙头的热水器，按压烟管前端就能点烟的电子烟缸，每当使用这些东西，她的心都会因新鲜感而战栗。

"简直就像活物似的，对啊，所有东西都该

---

1 料亭：供应日本料理的（高级）饭馆。

这样……"

这种感觉在她脑海里催生出一个直接又高效的世界，让她不禁回首往昔岁月。

"我们这一生多么迟缓啊，就像把灯笼点亮又熄灭，熄灭又点亮。"

电费上涨虽然让人头疼，但老妓有好一阵子都沉迷于摆弄各式电器，每天早早起床，跟孩子似的。

设备总是出故障，她就请附近一位姓莳田的电器行老板来修。其间，她一直在旁看稀奇似的观摩，时间长了，也学到些电器知识。

"当正负电荷相遇，就会引发种种现象。嗯，这跟人与人的关系一样。"

由此，她对文化的惊诧也得到深化。

家里只有女人的情况下，偶尔也需要男人帮忙。为此，莳田常常出入老妓的家。某天，他带来一个年轻人，说以后遇到电器方面的问题可以找他。男人名叫柚木，是个快乐随和的青年，他把老妓家打量了个遍，说："虽是艺妓的家，却不见三味线[1]啊。"那满不在乎的态度、直来直往的脾性想必合了老妓的胃口，

---

1 三味线：艺妓都能歌善舞，还会演奏乐器，三味线是最常用的乐器之一。

打过几次交道后，老妓便总是找他闲聊。

"柚木君干活儿真糙啊，修的东西都撑不过一周。"她开始说这样的话。

"那是自然，这种无聊的工作，让人没有 passion[1] 啊。"

"Passion 是什么？"

"Passion 嘛，哈哈哈，对了，用你们这行的话来说，就是没有让人春心荡漾的感觉。"

忽然，老妓对过去的自己心生怜悯。想起往日的工作、陪过的客人、出席的场合，她从未产生过任何 passion。

"噢，这样啊。那你呢，什么样的工作能让你春心荡漾？"

青年说："搞发明，获得专利许可，赚钱。"

"既然如此，你还不赶紧去做？"

柚木抬头看着老妓的脸说："什么叫还不赶紧去做，这事儿可没这么简单……（柚木啧了啧嘴）所以你们才被称为游乐之女[2]啊。"

---

1 Passion：即激情、热情，原文用表示外来词的片假名表示，故译为英语。在当时，外来词汇只有知识分子、学生等受过高等教育的人才懂，故而老妓不明其意。

2 游乐之女：原文为"遊び女"。近代以前，日本人将艺妓、娼妓等都称作"遊女"（游女），此处取其引申意。

"才不是呢。我是想帮你才这么说的呀。以后你的吃住我包了，你尽管放手去干，怎么样？"

就这样，柚木从莳田的店铺搬进小园名下的一间屋子。老妓按柚木的要求，把家里一部分改建为工作室，还买了些研究需要的器械。

柚木从小半工半读，好不容易才从电工学校毕业，他目标明确，不愿做兢兢业业的工薪族，只好干起了临时工，靠日结工资糊口，辗转于市内各个电器商行，偶然碰上了老家中学的热心助人的莳田学长，就被拉到莳田的店里暂住，平时帮忙干些活儿。但莳田家里孩子多，琐事一大堆，柚木本就心生厌烦，所以立刻接受了老妓的资助。但他并未对此心生感激，反倒觉得老妓从男人身上捞了那么多不义之财，生活放纵，帮助自己只是出于良心发现。柚木虽不至于厚脸皮到把自己当成施恩的一方，却也并不打算回应老妓的好意。他有生以来第一次不必为吃住发愁，一心埋头于书籍与实验室成绩，把所有精力投入研究，试图创造出前所未有的发明，这种平静踏实的生活让他感到幸福。他透过柱子上的镜子看到自己麻布罩衫下健壮的身躯、烙铁烫卷的头发、斜靠椅子抽烟的模样，觉得恍若他人，颇有年轻发明家的风范。工作室外有个回廊，矩形的细长庭院里种了几棵树。当他工作累了，就躺在回廊上眺望都市上空沉闷的蓝天，带着空想进入假寐。

小园每隔四五天会来一趟。环视家中一圈，记下柚木缺的东西，过后让下人送来。

"你年纪虽轻，倒还挺让人省心。家里总是整洁有序，也从不把脏衣服堆着不洗。"

"那是自然。我母亲去世早，我还是婴儿的时候就会给自己洗尿布了。"

老妓笑着说了句"怎么可能"，表情带了丝伤感："不过，男人太拘泥细节，就不容易成气候了。"

"我也不想这样，但不知不觉就养成了这种习惯，只要发现自己稍有一点邋遢，就坐立难安。"

"总之，有需要就尽管告诉我，别客气。"

初午之日[1]，老妓让人送来稻荷寿司，两人像母子一样愉快地享用。

老妓的养女道子性情多变，来过一次就养成习惯，每天来找柚木玩。她自小生活在声色犬马的世界，就

---

1 初午之日：二月的第一个午日，一般也是稻荷神社的祭祀之日。

算养母有心避免，她也难免受到影响，变得早熟，视情爱为交易，学会了各种流于表面的套路，青春白白流逝，内心尚且幼稚，外表却逐渐成熟。柚木对娱乐并不上心，道子玩得不尽兴，一度不再来访，但隔了一阵，又不情不愿地来了。她大概是觉得，有个年轻男人在自己家白吃白住，不找他玩就亏大了。况且养母捡回这么个不相干的人，她多少有些不服气。

道子满不在乎地坐在柚木腿上，抛出一个标准的媚眼，问：

"你来称一称我有多重呀。"

柚木上下抬了两三次腿，说：

"就适婚女性而言，你少了点情趣。"

"怎么可能，我在学校的操行等级可是 A[1]！"

不知道子是故意歪曲理解，还是真没听懂他的意思。

柚木隔着衣服探了探她的身材，觉得她像营养不良的孩子拼命摆出成年女性的媚态，看着颇为滑稽，忍不住笑出声来。

"你可真没礼貌啊。"

---

1 A：前文中，柚木所说的"情趣"在日文中既可指"情趣"，也可指"情操教育"。所以道子有此误解。

"总之你最厉害。"道子生气地站起来。

"别生气呀。不如多做运动，争取练成你养母那样的身材。"

此后不知为何，道子对柚木产生了强烈的憎恶感。

柚木的幸福感持续了大约半年，再往后，就开始自暴自弃了。当构想的发明存在于想象中，的确是无可匹敌，而经过实际调查，进入研究阶段，他才发现早有持相同观念的人获得了专利权。即使自己发明的产品性能更好，为了避免雷同，他也必须对外形做很大的改动。这一来，他又不禁怀疑这项发明是否真有意义。事实上，确实有些发明在专家眼里有用，社会却不予接受，也有些发明源于瞬间的灵感，却受到大众欢迎。柚木虽然早知发明掺杂着运气的成分，但实际操作起来，才发现事情的进展这般不尽如人意。

不过，柚木之所以不再感到幸福，主要还是因为心态发生了变化。从前给人打工，想着将来如果能衣食无忧、专心研究，一定会很快乐吧，这种憧憬让日常杂务也变得可以忍受。可当他真正过上憧憬的生活，却只觉苦闷单调。有时周围太静，完全找不到人说话，他会在思考中陷入极端，觉得是自己判断失误，才偏离到眼下的方向，甚至不时感到恐惧，难道只有自己被社会抛弃了吗？

他对赚钱这件事也产生了怀疑。哪怕像现在这样不愁吃穿，外出只为解闷，他也只是出去看看电影、喝喝酒，微醺后坐一日元出租车[1]回家。这点费用只要如实告诉老妓，她都会爽快支付，他也能从中获得安慰、快乐与满足。有两三次，柚木被掮客哄着去了妓院，但并未有过肉体交易以外的念头，其间也只想着早点结束回家，放松地躺在心仪的床上入睡。就算出去玩，他也从不在外留宿。唯独在寝具的选择上有点出格，他的羽绒被是自己从店里买回羽毛、纯手工制作的。

想来想去，除了这些，他也没有别的欲望了。意识到自己的心态如此平和，柚木有些心寒。

甚至觉得与同龄人相比，自己是否不太正常。

与之相对，老妓是个怎样的女人呢？她虽然满脸忧郁，本性却很要强，即使只在学艺这件事上，也在逐步前进，贪婪地学习未知的一切。满足与不满两种情绪总是交替地催促她向前。

---

1 一日元出租车：出现于大正末年至昭和初期，只需一日元的价格即可在特定区域打到的出租汽车。二战后改为打表计算，但一日元出租车之名仍保留了一段时间。

小园再次来访时，柚木先抛出这样一个话题。

"据说法国轻歌舞剧界，有个叫米丝廷盖特[1]的优秀女演员。"

"啊，我知道。我听过她的唱片……那段唱得可真精彩呀。"

"据说那个老太太把全身的皱纹都抹到脚底板系紧了，你应该还没到那个程度吧。"

老妓眼中射出锐利的精光，转瞬又微笑道："我吗？说的是啊，毕竟也活了这么些年，虽不比从前，但也可以试试看。"说着便卷起左手腕的袖口，把手伸到柚木面前。

"你来，试着用大拇指和食指使劲儿捏住这里的皮肤。"

柚木照办了。老妓见状，用右手的两根手指从反面捏起那块皮肤一拉，柚木手指夹住的部分就缓缓滑走，手腕的形状也恢复如初。柚木加大力度又试了一次，发现老妓一拉，他就再也抓不住那块溜走的皮肤。唯有那鳗鱼腹般柔韧光滑的触感、羊皮纸般神秘白皙的色泽，长久停留在他的知觉层面。

---

1 米丝廷盖特（1875—1956），即 Mistinguett，法国香颂女歌手，女演员。

"有点诡异……不过，很惊人啊。"

老妓用绉纱里衬的袖子擦散那片手指按压留下的红印，收回了手腕。

"因为我从小练习跳舞，经常磕磕碰碰、被老师敲打。"

说到这里，她似乎想起小时候的艰辛岁月，表情也暗淡下来。

"你最近有点反常啊，"老妓定睛看了会儿柚木，"我从来没指望你努力学习、早日成功哦。用鱼来打比方，最近的你就像一条呼吸困难的鱼。怎么说呢？你这个年龄的青年关心自己都嫌时间不够，哪来的工夫关心老女人的年龄？说来讽刺，这就是你心情郁闷的证据呀。"

柚木很佩服老妓敏锐的洞察力，于是坦白道：

"我不行啦，我对这个世界失去了春心荡漾的感觉[1]。也可能生来就没有这种感觉。"

"不可能吧。真是这样就麻烦了。你现在可是胖得跟之前判若两人咯。"

其实，柚木本来就体格健壮，突然跟吹气球似的

---

1 春心荡漾：对应前文的 "passion"，是柚木对老妓解释这个词时，拿烟花女子打比方的说法。

胖了一圈，变得跟公子哥儿一样，茶色瞳孔上的眼皮微肿，双下巴也出来了，这模样反倒让他显得光彩照人。

"嗯，身体状态非常好，只是这种温暾黏糊的感觉让人提不起劲儿。照这样下去，重要的事情也会转眼忘掉。此外，我还总感觉心神难安，有生以来头回这样。"

"是黏糊糊的山药汁麦饭吃太多了吗？"老妓知道柚木经常在附近一家店里叫外卖，那里的招牌菜就是麦饭配山药汁，所以才如此打趣，但她立刻又正色道，"这种时候，就得找些体力活儿来干，做什么都好。人总是需要干点体力活儿的。"

又过了两三天，老妓邀请柚木外出游玩。同行的还有道子，以及柚木没见过的两个别家的年轻艺妓。艺妓们打扮得颇为隆重，礼貌地对老妓说："姐姐，今天多谢您了。"

老妓对柚木说："今天的慰劳会是给你解闷的，两位艺妓的费用也已付过。你就把自己当老板，安心快活一下吧。"

两位年轻艺妓充分展示了她们的热情，当竹屋的人把跳板架到渡船上时，年纪小的那位对柚木说："小哥哥，拉我一把呀。"进了船内，她又故意跟跄地抓住柚木，跌进他怀里。柚木鼻尖飘来一股发油的香味，胸前是艺妓红色衣领里那丰润白皙的脖子，就连她颈窝处朦胧的青色发际线也清晰可见。她微微侧向一旁，涂着厚粉的脸颊如陶瓷般晶莹，高高的鼻子也似雕刻般线条鲜明。

老妓在船内隔间坐下，一边从腰带里掏出烟盒与打火机，一边说："风景真不错啊。"

一行人时而乘坐一日元出租车，时而步行，在荒川排水渠附近徘徊，欣赏即将到来的初夏景色。工厂不断增建，公司的社区住宅比邻而立，往昔的钟之渊[1]、绫濑[2]等的残影零星分布在满是煤渣的斑驳地面。绫濑川标志性的合欢树所剩无几，对岸芦苇沙洲上的船匠是唯一尚存的风景。

"有阵子我被困在向岛的住处，夫家善妒，决不允许我离开周边。我只好借口来这里散步，让情人化装成垂钓者，将船系在堤岸旁的合欢树荫下，两人就在那里幽会。"

黄昏时分，合欢花结出蓓蕾，船匠的敲击声散去，

---

1 钟之渊：东京都隅田区北部区域。

2 绫濑：神奈川县中部的市，近代时期工业化发展速度很快。

河面飘起淡淡的雾霭。

"有一次，我们还商量着要殉情呢。当时只要往船外跨一步就能成，所以还挺危险的。"

"为什么又放弃了呢？"柚木悠然地穿梭于狭窄的船内，问道。

"我们每次见面都会讨论何时去死，就这样拖延着，直到某天，河对岸漂来一具自杀模样的溺水者尸体。他在人群中仔细观察后回来说，殉情的死状太难看，还是算了吧。"

"我突然觉得，如果我死了，这个男人暂且不论，留在世上的丈夫太可怜了。虽然丈夫可怕，但嫉妒心重到那种程度，倒让人生出几分留恋。"

年轻的艺妓们说："听多了姐姐那个时代轻松闲适的故事，越发觉得我们如今的工作又苦又累，叫人生厌呢。"

老妓闻言，摆摆手说："不，这倒不尽然。这个时代有这个时代的好处。而且现在干什么都快，像电一样，做事方法也灵活多样，不是很有意思吗？"

这番对话结束后，便由年轻艺妓打主力，年长艺妓从旁协助，二人频繁施展魅力与柚木周旋。

道子则是一副心神不宁的模样。

刚开始，她轻蔑又超然地坐在一旁，用随身携带的徕卡相机拍摄沿途风景，但很快，她就开始跟柚木打情骂俏，露骨地想博取柚木的欢心，好像在跟艺妓们较劲。

柚木察觉到这个青涩女孩的倔强中那丝孱弱的性感，不由得深吸一口气。但也只是一瞬间。他的内心并没有因此而触动。

面对小姑娘的挑衅，年轻艺妓们虽不大高兴，但对方毕竟是小园姐的养女，自己也只是来工作的，没必要制造纷争，所以在道子努力表现时，她们就收敛媚态，等道子稍事休息，她们又殷勤上前。道子觉得她们简直是点心上的苍蝇，讨厌死了。

或许是为了驱散那股无端的不满，道子开始对老妓撒气。

老妓并未把这些放在心上，兀自在岸旁悠然采摘鹅肠草投喂金丝雀，或是坐在菖蒲园里就着带皮煮熟的小芋头喝啤酒。

到了傍晚，一行人准备前往水神八百松料亭用餐。这时，道子狠狠瞪着柚木说："我已经受够和式料理了，我要回家。"艺妓们都很吃惊，提议一起送她，老妓却笑笑说："让她坐汽车回去就行。"说完就拦下一辆经过的车子。

目送汽车离去之时，老妓说："那孩子也开始学着卖弄风情了呢。"

柚木越来越搞不懂老妓的意图。曾以为她是因为骗过很多男人，想要赎罪才来照顾自己，但事实并非如此。近来已经有流言说他是老妓养的小白脸，但老妓从未流露出这种倾向。

她怎会如此放心大胆地供养一个成年男人呢？柚木最近不再去工作室，也几乎放弃了研究发明。老妓明明知道却一言不发，叫他不得不怀疑她资助自己的目的。透过面朝檐廊的玻璃窗，能看见工作室内的景象，柚木尽可能地撇开视线，走出檐廊躺在地板上。夏日将近，庭院里的古木长出茂盛的绿叶，池塘里残留的石缝中钻出鸢尾、杜鹃等花朵，招来许多牛虻。天空是凝滞澄澈的蓝，大陆形状的云朵被雨意模糊了颜色，缓慢移动着。旁边晾晒场的阴影中有桐花绽放。

柚木曾因工作需要出入各种家庭，把脑袋伸进充满酱油瓶霉味的橱柜角落干活儿，也曾接过主妇和女仆分赠的食物放进饭盒，那时觉得厌烦的事，如今竟十分怀念。在莳田家狭窄的二楼为顾客做设计预算表时，孩子们轮流跑来，搂得他脖子都红肿了；他们有时还会从小嘴里取出吃到一半、淌着涎丝的糖果，塞进柚木口中。

柚木开始思考，比起搞发明那种狂妄之事，自己是不是更渴望平凡的生活。忽然，他想起了道子。老妓虽然总是居高临下、从容不迫，实际可能盘算着让自己娶道子为妻，将来也好顺便照顾她。但这想法无凭无据。因为好胜心强的老妓显然不可能出于这种见不得人的原因对人示好。

而道子，那个外表异常端丽、内在空洞无物的女孩，让他联想到湿淋淋、寡淡无味的煮栗子，不禁苦笑起来。他发现道子最近好像非常厌恶他，同时又诡异地黏人。

她最近来访的频率也稳定下来，基本隔一两天就来一次。

这时，道子从后门进来了。四叠半[1]茶室与客厅辟出的十二叠工作室之间有扇纸拉门，她拉开门，站在门槛上，一只手撑着柱子妩媚地扭转身体，另一只手放进敞开的袖子里，摆出拍照时的姿势，微微俯身，

---

1 叠：日语中计算室内面积的量词，一叠是指一张日式榻榻米大小的面积。四叠半约为 7～8 平方米。

眼神不甚愉快地向上瞟，说了句："我来啦。"

睡在檐廊上的柚木只是"嗯"了一声。

道子重复了一遍，仍然只得到相同的回答，于是生气地说："你也太没诚意了吧。我再也不来看你了。"

"真叫人没办法啊，你这任性的小姑娘。"柚木说着直起上身，盘腿而坐，目不转睛地打量道子，"嚯，今天盘了日式发髻呀。"

"要你管。"道子"唰"地转向后方，穿和服的背脊勾勒出优美的弧线。华丽的腰带结扣上方掩领后敞，涂得煞白的富士山形后颈根显出夸张的媚态，与之相对，腰带下的裙裾则像花朵般急剧消瘦，依然是毫无风韵的少女身形。看着她怪异的模样，柚木不禁开始想象，如果她成了自己的妻子，什么都依自己，什么都仰仗自己，虽然也会抱怨，却很照顾自己，那他这一生大概也能收获平凡的小幸福。虽然寂寞在所难免，但有些东西只有试了才知道。想到这里，他不禁燃起了希望。

柚木试图从那张被刘海与鬓发修饰得小巧精致的脸上，从道子化过妆的漂亮脸蛋上，找出更多吸引自己的魅力。

"再转过来让我看看嘛，今天的打扮很适合你。"

道子晃了晃右肩，很快转过来，用手抚了抚胸口与鬓角。"烦死啦，这样就行了吧。"她很满意柚木此刻眼中的迷恋，"啪啦啪啦"地拨响簪子的吊穗，"我给你带吃的来啦。猜猜是什么？"

柚木惊觉自己竟被这么个小姑娘给戏弄了，顿感失策地说："猜来猜去的太费事。既然带了，就赶紧拿出来。"

对于柚木的蛮横，道子瞬间起了逆反心理，说："人家好心好意地带来，你居然还要横，我不给了。"说着撇过头去。

柚木一面说着"拿出来"一面站起身来。连他自己也对此刻的举动感到意外。他仗着人高马大，示威般地走向道子，一边说："让你拿出来，你还不拿是吗？"

想到一生或将受困于这种小心机，柚木顿时产生了强烈的危机意识与莫名的压迫感，明知后果却要不顾一切地跳进陷阱的冲动，又让他前所未有地紧张。想着不能被自我厌恶打倒，他额上不断冒出黏腻的汗水。

道子以为柚木仍在半开玩笑地要横，就玩闹般地直视他，一脸轻蔑，中途突然意识到他是认真的，立刻害怕起来。

她往茶室的方向退了退，小声说："我才不给你呢。"柚木冒火地盯着她的眼睛，缓缓掏出揣在怀里的手，放在她肩上。道子被吓得低呼两声"啊"，毫不掩饰地露出惊恐的神色，连五官都扭曲了。"拿出来""快点拿来"，柚木言语空洞，手腕抖得厉害，硕大的喉结随着咽口水的动作滚了滚。

道子几乎要把眼睛瞪裂了，语带哭腔地说"对不起"，柚木却像触电般表情麻木，脸色苍白，动作迟钝，眼睛一动不动，唯有激烈的颤抖透过双手传到道子身上。

道子终于从这反应里读出某种讯息。她突然想起养母说过一句话："男人其实意外胆小。"

一想到这个伟岸的大男人竟为了这么点小事就瑟瑟发抖，她瞬间觉得柚木像只温顺的宠物，变得可爱起来。

她迅速整理好扭曲的表情，摆出可爱的媚态，笑着说："傻瓜，就算你不这么做，我也一样会给你的呀。"

接着她用手掌擦掉柚木额上的汗水，说："东西在这儿，快过来。来嘛。"

院子里的树被风吹得沙沙作响，她回头看了一眼，拉过柚木结实的手腕。

一个梅雨如烟的傍晚，老妓撑伞从玄关旁的柴门走进院子。她一袭深色的宴会和服，走进客厅，放下衣摆坐了下来。

"我正要去陪客人，顺道过来，想跟你说点事。"

她掏出烟盒，用烟管拉过一个西式餐盘当烟缸，说："最近我们家道子好像经常过来，但我要说的不是这个。毕竟都是年轻人，万一出了什么事，"她说，"我想说的就是那个万一。

"如果你们真是情投意合，打从心底倾慕对方，我也很赞成。

"可如果你们只是一时意乱情迷，随便玩玩，这样的事我见多了，根本没有意义。若是如此，请你找别人去。

"工作也好，男女关系也好，我想看的是那种毫无杂质、义无反顾的热情。

"我想亲眼看看那种纯粹的热情，再坦然地死去。"

"总之不要着急，也不要焦虑，无论工作还是恋爱，不要走弯路，希望你能一击即中，不留遗憾。"老妓说。

柚木爽快地笑了，说："那种纯粹的东西，在这个时代既难拥有，也不可能存在了。"

老妓也笑了，说：

"无论什么时代，不用心都很难找到呀。所以你尽管慢慢来。我的意思是，你要是喜欢，也可以吃点山药汁麦饭，然后好好弄清怎么才能被命运眷顾。好在你身体健康，毅力应该也不错。"

接人的车到了，老妓就此离开。

当晚，柚木稀里糊涂地踏上了旅途。

他终于弄清了老妓的意图。她想把自己没有做到的事寄托在他的身上。但她没能做到、希望他完成的事，无论她还是他，哪怕是极受命运眷顾的人，在现实中也不可能做到吧。所谓现实，不就是这样吗？它不断给你一些碎片，却从不完整展示在你眼前，就这样若隐若现，诱惑你一步步向前。

柚木随时都能放弃那种东西。老妓却不肯。在这件事上，她好像有点迟钝。但在某些情况下，迟钝的人反而更强大。

这老女人真是了不得啊，柚木心生惊叹。她经验老到得几乎成了精。在感觉悲壮的同时，他又因被卷入老妓莽撞的计划而生出嫌恶。如果可以，他真想逃出老妓给他安排的那架终点不明的自动扶梯，躲进自制羽绒被那般蓬松饱满的生活。为了理清这个念头，他坐火车来到距东京约两小时的海岸旅馆。老板是苻田的哥哥，柚木受托来这里检查过电器。这里有辽阔的大海，临海的山上，云朵往来不绝。他还是头回在这种自然风光里静静思考、梳理想法。

或许是因为身体好吧，来这里以后，他觉得新鲜的鱼很美味，沐浴海潮也令人心醉。此外，他还频频发自内心地大笑。

首先，老妓明明憧憬着无限纯粹的东西，却毫不自知，时刻过着谨小慎微的生活，这很可笑。其次，柚木到了这里仍无法摆脱老妓的影响，就像某种动物只关心困住自己的圆圈却无法跨越它，这样的自己很可笑。当初困在那里苦闷无聊，离开后又想回去，所以他才逃到这个轻易就会败露的地方，希望老妓能来找他，这种状态也很可笑。

自己和道子的关系也很可笑。什么都没搞清楚，就跟闪电似的发生了碰撞。

柚木在这里待了一周左右，电器行的莳田就受老妓之托，带着钱来接他了。莳田说："总会有些不顺心的事。还是早点找到谋生之法，自立门户吧。"

柚木跟他回去了。但此后，他染上了不时出逃的癖好。

"妈妈，柚木又逃走了哦。"

身穿运动服的养女道子站在仓库入口说。她语带讽刺，好像撇开了个人情绪，只想看养母为此心烦。"据说他昨晚和前晚都没回家呢。"

新日本音乐[1]的老师离开后，老妓独自留在充当教室的仓库小房间里复习。她把三味线放在身前，没露出丝毫不甘，只是若无其事地对养女说：

"那个男人，老毛病又犯了吧。"

她用长烟管抽了口烟，左手抻开袖口，像是在查看自己穿的大岛条纹和服好不好看。

"先别管了。我们也不能太纵容他。"

说着，她拍掉膝上的灰，开始慢慢收拾乐谱。道子满以为养母会气得跳脚，结果期待落空，一脸无趣地拿着拍子去了附近的球场。她走后，老妓立刻打电话给电器行，像往常那样拜托莳田去找柚木。面对莳田无须顾虑，她激烈而尖锐地责备起那个年轻人，说他明明受人照顾，竟如此任性妄为。情绪从话筒传到

---

1 新日本音乐：大正中期到昭和初期兴起的音乐运动及当时诞生的乐曲的总称。该运动以筝曲家宫城道雄和尺八家吉田晴风为中心，在邦乐（广义上指与西方音乐相对的日本传统音乐；狭义上指日本近世发展起来的筝、三味线、尺八等音乐）的基础上吸取西方音乐的要素，旨在创造出一种超越流派和种目的崭新邦乐。

握电话的手上，心中的不安与胆怯也随之发酵，变成微醺的寂寥，刺激着她的神经。

放下电话后，她说："年轻人果然精神头十足呢。这样才对。"一边自言自语，一边抬手用袖口擦了擦眼角。柚木每逃跑一次，她就对他多一分敬意。可当她想到柚木不再回来的可能性，又会陷入绝望的深渊。

盛夏时分，老妓罕见地寄给我一首她写的和歌，托我修改，此时她本该在我介绍的女俳人那儿学习俳句。我当时刚吃过饭，在廊檐上乘凉，从这里能看到老妓为表谢意、找人在中庭修建的池塘喷泉。我从送信人手中接过草稿，以池塘水声为背景，满怀好奇地翻阅久未谋面的老妓手笔。其中有一首颇能体现她近来的心境，在此稍作介绍。我在原作的基础上略作删改，与其说是出于师徒情谊，不如说是为了读者能更好地理解。我保证，修改仅限部分修辞，不影响原句的内容：

年华加深了我的悲伤，
也成就了我生命的辉煌。

（昭和十四年二月）

<ruby>过去世<rt>かこぜ</rt></ruby>*

窗外景色瞬间隐没
雨水的银丝划过夜幕
友人"啪"地睁开眼
认真凝视我的脸

池塘映着雨中的夕阳，泛起水银般鲜亮的绿光。两侧杉树林与青色芦苇洲宛如斑斑锈迹，延伸而来。

在窗外这片景色的烘托下，室内食桌边忙碌的女主人越发显得美丽妖艳。优美的身段配上得体的明石和服，棱角分明的脸上一双大眼睛，知性的暗棕色面庞微微泛紫，周身凝聚着古坟般的气息。眼看已是掌灯时分，室内却没点灯，或许她今夜要邀我一起赏萤。作为唯一的客人，我忍受着瘆人的气氛，按她指定的顺序享用着晚餐的菜品。在逐渐浓郁的夜色里，银质餐具与主客首饰闪耀着星座般的光辉。

女主人久隅雪子和我是女校的同级生，我只知道她毕业后在下町的亲戚家住了一阵，往后就与她断了

---

* 过去世：佛教用语。佛教将时间划分为过去世、现在世、未来世，过去世即前世。

联系。十多年后，我已结婚，与丈夫一同乘船出国留学，当船停靠在那不勒斯时，我在码头偶然碰见匆忙间上错船的她，两人只是握了握手，留下一句"回国再见"就分道扬镳。

我们都是自小长在深闺的人，上学期间，因为缺乏女生该有的生理常识，时常被师友取笑。与之相对，我们争相阅读各种深奥的诗歌与哲学书籍。因此，双方虽然都极其害羞寡言，却出于某种秘而不宣的默契，认为对方值得信赖。不过，三年后我回国，又过了两三年，她再次音讯全无，无人知晓其行踪。我也曾寄信回老家跟她父母打听，直到不久前，那封信才被退回来，上面贴着"已搬家，住处不明"的小纸片。

没想到的是，我竟突然接到她从郊外新家打来的电话，让我坐车去她家看萤火虫，我这才恢复了探访旧友的闲情逸致，来到这里。

淡淡的淀粉甜味混着松脂与兰花的热带香气钻进我的鼻孔。女主人从女仆手里接过温热的盘子，放到我面前。

"这是朝鲜蓟？"

"喜欢吗？"

"嗯。但这道菜外行做不来，所以很少在餐厅以外的地方见到呢。"

"不是外行哦。我请来了店里的厨师长，这是他在后厨做的。"

"呀，劳你费心了。"

"我最近打算在下町开一家雅致的餐厅，店铺和厨师都找好了。"

女主人帮我把柠檬汁挤在盘里，撒上适量的盐和芥末。我笨拙地剥开大松果似的菜果，取出里面那一丁点儿果肉，蘸了些调料汁，用门牙细细品尝，心中涌起新奇的兴奋感："哦，你要开餐厅，为什么呀？"

"——如果不找点事做，转移注意力——单身女人很容易焦虑不安呀。"

说着，朋友微微皱起眉头，我却从她的话里琢磨出某种大彻大悟的心境，仿佛一阵自在凉风穿堂而过。要是我胡乱回应说错了话，或许会惹她生厌吧。

"比起这个，我，我其实是想让你听听我买下的这栋房子里的奇妙故事……内容有些阴郁，我们开灯再说吧。"

枝形吊灯突然亮了，散发出夕颜花色的光。窗外景色瞬间隐没，雨水的银丝划过夜幕。友人"啪"地睁开眼，认真凝视我的脸。这也是她从前的习惯动作。

她从女校毕业后，一直在父母家住到婚前。其间，受父亲某位故交——隐居在郊外的退休官员 Y——之邀，到他家中客居。

退休官员 Y 希望这位古董美术商的女儿能帮忙保养他的藏品，尤其是精工细雕的传统偶人、易碎的陶器类物件，需要她悉心熟练的维护。她的父亲则盘算着，女儿虽是老字号店铺的长女，家境富裕，但毕竟长在下町，教养上定有不尽如人意之处，让她去上流阶级的知识分子家庭观摩学习也是好事。Y 家主人严厉，且受过正统教育，总比随便找个半吊子夫人来教导女儿要叫人放心……

就这样，她带着等同嫁妆的行李，来到 Y 隐居的家中。

她的房间八叠大小，面朝庭院，紧邻客厅，收拾停当后，她把房间布置成女孩住的模样，就此安顿下来。之后，一家之主 Y 很快赶来，把系着腰带的健壮身躯唐突地塞进室内，仔细看了看衣架上的红色和服、梳妆台上的刺绣罩子，不无客套地说："感觉就像多了个女儿。"仿佛这就是他最有诚意的寒暄了。他说完就迅速离开，走进摆满盆栽架的庭院。

此后，Y再也没有来过这个房间。但他送来无数需要保养的藏品，还不断让她从仓库里拿进拿出，只为给他观赏。除了偏执的收藏欲，他讨厌把精力花在其他地方。虽然早年丧妻，却对异性全无兴趣，觉得那是魔性之物，只会扰乱他最看重的品质、气度与伶俐。但他总是急躁不安，时常发怒，这些癖性反倒让他外表十足正经严肃。世人不解Y的真实性格，雪子却对此了然于胸。

Y对任何事物都表现出极端的好恶，对两个儿子也一样。两兄弟之中，弟弟梅麻吕是父亲唯一的宠儿。他长着瓜子脸，下巴略宽，端正的双目与高耸的鼻梁间距分明，黑眼珠上垂着长长的睫毛，低头望向地面时，谁也不知道他在想些什么。那发呆的姿态宛如桐花般典雅，明亮的声音带着令人愉悦的回响。他总是一副忧郁的模样，安静孤独地垂睫望向地面。少年似乎对新来的家庭成员，对这位女性没有任何兴趣，雪子见状，难免焦躁不满。

可他那么美，雪子也只能无声叹息。父亲把梅麻吕视为最珍爱的藏品，无论去书房还是庭院，大都与他同行，此外，还总是拙劣地奉承他。梅麻吕看穿了父亲的念头，只是佯装不知，以同样恭敬的态度从容以对，但绝不借题发挥。每当父亲莫名其妙地大发雷霆，他就用比少女还丰润的漂亮嘴唇娇媚一笑，或是说些天真无邪的话哄他，或是煽动他，或是说旁人坏话，总之想方设法地抓住他的弱点，讨他欢心，若无其事地缓和他的情绪；在这件事上，梅麻吕手段卓绝、深得其妙。

雪子虽然不齿这种行为，却更叹服于他高超的技巧。不过，梅麻吕从不对父亲以外的人用这一招。

当父亲的坏脾气变本加厉，变着法儿用无聊小事折腾人的时候，梅麻吕就迅速逃离。所以每当父亲深夜突然要烧洗澡水，或是想取出藏在房檐下的重物等等——这种时候，就轮到哥哥鞆之助出场，指挥不胜其烦的下人去办。

父亲自然对一切心中有数，笑着说："梅这家伙真狡猾。"但他也十分欣赏这种狡猾。

相反，哥哥鞆之助除了完成任务，从头到脚都不受父亲待见。父亲一看到这个大儿子，要么沉默不语，要么勃然大怒。哪怕他完全按照父亲的要求办事，也会因为过于死板又无从挑剔而惹恼父亲。大儿子终日惶惶不安，眉眼间笼着疲劳与忧愁。兄弟俩的共同点只有那头浓密的卷发。父亲以不满现代教育的方针为由，让高中的哥哥、初中的弟弟相继退学，跟着两三个家庭教师上课，事实上，他只是不愿自己居家享乐时无人侍奉。

哥哥鞆之助经常到雪子房里来玩。雪子的房里摆满了各种从仓库搬来的物件：活灵活现的花草纹铁辰砂储水罐，手掌大小却能粗略展现男女情感及妩媚姿态的木雕人偶，融入德川家三百年风流、经过精雕细琢而成的柳树、白鹭与池塘等后藤派[1]作品，等等。有时，她会用自带的专业工具和药物为其做保养，工作时间一长，她要么嫌麻烦地伸伸懒腰，要么沉浸在艺术这种奇妙幻术带来的恼人恍惚中不可自拔。这时，鞆之助小心翼翼地走进来。

他在雪子身旁坐下，支起一条腿，一面帮忙一面留意她的情绪变化，看着她的圆脸，心中充满爱怜。

"我们家其实没有外人想的那么富有。父亲那种做派，不管发现什么稀罕玩意都要立刻买下，搞得家里开销紧张，有时候连凑合到月底的现金都不够。"

雪子兴味索然地应道："那你们兄弟俩将来有什么

---

1 从事饰剑金工的一派。以室町时代的后藤祐乘为祖，延续至江户时代末期的第十七代家主典乘，并在江户末期受到将军重视。

打算？"

"即使父亲在世期间把财产花光，我们靠他的养老金也能生活；等他死了，就只有把这些收藏品一点点卖掉维生了吧。话说回来，里面赝品也多。"

"不如娶个嫁妆丰厚的老婆？你们兄弟俩都是美男子，家境又好。"

雪子揶揄道。鞆之助却认真地说：

"不行啊。第一，我们没什么学历，而且别看我这样，对女人的要求可是很高的。"

"那你弟弟呢？"

"他好像跟父亲一样讨厌女人。"

话虽如此，隔天他又突然兴冲冲地跑来，开心地拿出一幅不知哪儿来的古代淫猥绘卷，在雪子眼前轻轻展开。雪子极力假装平静，直视他的脸，问：

"这东西哪里有趣了？"

闻言，他有点害羞，又不服气地说：

"我活着，只有'万事勿深思'这一个信条。除了享受每时每刻的刺激，再无别的……"

说着又像是感到无聊似的，收起卷轴走出房间。

父亲 Y 本是旧幕府权臣之家的继承人。推翻了旧政府的明治功臣为了犒赏归顺新政府的旧幕府权臣，提拔这些继承人做了官。Y 也一度混到颇高的地位，但他天生不着调、性格又执拗，终于跟上司发生冲突，愤而辞职。他坐拥遗产，又沉迷于与生俱来的收藏癖，刚过壮年就决意从此率性而活，是个极端的利己主义者。

雪子从 Y 的傲慢与彻底的利己主义中，感受到一种超越人性的崇高，但身为下町长大的庶民子女，她的侠义志向又让她对 Y 生出强烈的逆反与憎恶。她甚至歇斯底里地想着，如果可以，就抢走 Y 宠爱的小儿子，给那傲慢的父亲一个下马威。

大儿子是个皮肤水灵的青年，鼓鼓的眼皮下似乎总是饱含泪水。据说他曾因女人而犯错，但也实在是事出有因；他为人善良，对父亲和弟弟而言，比仆人亲近，又比亲人疏远，他时常混迹在用人之间，自然扮演了这个别墅的管家角色。不过，他的性格并不像外表那么富有悲剧色彩，反倒有点憨厚豁达，情感上从不刨根问底，飘然似浮萍。

在这座没有女主人的别墅里，哥哥鞆之助也充当了类似母亲的角色。雪子在这里住了两个多月后，一天，弟弟梅麻吕罕见地到她房里来找哥哥。

"哥哥，你拿给我的浴衣破了个洞啊。"说着，他抬起袖子露出腋下。

哥哥见状有些不安，仿佛承受不了弟弟那漂亮的黑色眼珠施加的重压，低下头，眼皮不断跳动。

"眼下乳母和女仆都出门办事了，没人能补啊。"

梅麻吕闻言，仿佛吞下什么苦果似的，露出忧郁苦恼的表情。

"可其他衣服穿着太热，如果穿不了浴衣，我就没法儿按父亲说的，去院子里给盆栽浇水了呀——不如哥哥你帮我缝吧。"

他平日里对窝囊哥哥积攒的不满，自己体内如美玉般生来不懂表达的热情，以及把弱者当奴隶、纵使面对血亲也要虐待一番的遗传性利己主义混合在一起，以异常粗暴的形式逼向兄长。

哥哥满脸困惑与窘迫，打算伸手接过弟弟递来的浴衣。

可他一看到身旁的雪子，就用舌尖舔了舔略微干燥的下唇，嘲讽地笑起来。

"别胡说了——不行啊。让男人缝衣服，像什么话……"

说完，他抬头挺胸，双手交叉抱在胸前，动作中流露出些许不自然。他拿出所有勇气与弟弟瞪眼对峙。

雪子觉得自己必须说点什么了。她匆忙打开橱柜，取出针线，伸手去拿弟弟手里的浴衣。

"没关系啦，我帮你缝吧。"

然而，梅麻吕"嗖"地从雪子手里抽回浴衣，再次对哥哥说：

"哥哥你帮我缝嘛。你不是一直都缝得很好吗？"

哥哥脸红了。弟弟再次逼近他。表面平和，实际却故意使坏让雪子听到，好让哥哥无地自容。那气势，好像哥哥不缝，他就誓不罢休。这种态度里又掺杂了对雪子这个第三者的嫌恶。

雪子目睹了弟弟对亲哥哥的执拗与残忍，又因身为女人、好意帮忙却遭拒，羞耻得满腔怒火。她想做点什么来报复他——雪子放下针线，走出房间，靠在绿叶掩映的檐廊柱子上，目不转睛地望着弟弟。

哥哥只顾留意雪子的反应，越发不知该如何应对，只好含糊地应一声，显出沮丧的模样。

雪子忽然意识到，弟弟之所以这样对待哥哥，是因为他自小生长在母亲早逝、父亲执拗的环境里，想对长辈撒娇的欲望这才扭曲地投射到哥哥身上。而那个软弱又容易满足的哥哥，终究不可能理解与承受弟弟这种本能的固执索求。哥哥很会排遣自己的情绪，会把对爱的索求转移到其他事物上，并从这种联系中获得内心的平衡。就像近来，他开始倾心于雪子。

哥哥大概死也不愿让雪子看到他做针线活儿的模样，无论弟弟怎么逼迫，他都只是淡笑不语。他的脸时而苍白时而通红，却也不逃走，神情越发呆滞，像是陷入某种受虐的恍惚状态。

弟弟则越发执拗，最后竟对哥哥口吐污言秽语。

雪子再也看不下去了。她心底翻涌着强烈的不快，至于这对只能靠执拗的对峙宣泄心中情感的兄弟，命运将会何去何从，这种性格又是如何形成，她也懒得再关心了。如今想来，其中也含有嫉妒的成分。在那电光石火之间，迸溅出意外甜美的情感蜜露——雪子从中感受到嗜欲的魅惑。她的基因里也隐藏着旧式家庭常见的施虐性与受虐性，目睹此种行为，虽能察觉其背后的心理，也唯有羡慕而已。

弟弟终于像女人似的默默抓住哥哥单薄的手腕。哥哥任他抓着，通红的脸有些扭曲。雪子因为过度激动而陷入呆滞，反倒生出一种追求刺激的心理，她屏住呼吸，兴致盎然地期待着眼前这幕惨剧的走势。

紧接着，弟弟抛开浴衣，迅速解开腰带，把身上穿的单衣也脱了。

"如果你不给我缝，我就光着身体到院子里去了……"

说着做出一副要走的架势。

哥哥慌忙拉住弟弟，说：

"不行啊。你这样会感冒。"

他记得弟弟小时候因为感冒感染过肋膜炎，所以很担心。但更主要的原因是，兄弟俩生来就对坦露肉体抱有奇妙的羞耻心。如果会被人看到，哪怕再热也决不脱衣服乃至掀起衣角。两两相对时，更是将其视为淫猥之举，厌恶至极。

如今弟弟刻意这样做，是抛开了天大的羞耻心，豁出去想以此为撒手锏来胁迫哥哥。

"你光着身子出去，会被经过墙边的人看到。"

"那又怎样?！"

两人脸色苍白地争辩着。

哥哥喘得上气不接下气，低头尽量避开弟弟的视线，把衣服披到他身上。弟弟则挪动肩膀躲开了。少年瓷白的身体在深蓝竖条纹的大岛和服下时隐时现。哥哥在给弟弟披衣服的同时，也不时转头看向雪子，窥探她的情绪。

　　若是揣摩下哥哥的心态，当弟弟把那充满魅力的处男肉体袒露在自己倾心的年轻姑娘眼前时，一定让他又嫉妒又讨厌。而弟弟只顾达成目的、威胁兄长，竟完全无视了雪子的存在。弟弟究竟如何看待雪子，又如何看待女人这种存在，没有人知道。雪子虽然沮丧又焦躁，但此刻看到弟弟毫不在乎地坦露他那不愿示人的身体，即使只是为了震慑哥哥，也间接让她感受到被无视的轻蔑。但事已至此，雪子就算想生气也提不起力气了。

　　身为女性却没受到丝毫尊重，雪子突然觉得自己毫无魅力、卑微至极，平日从弟弟身上感受到的寂寞也越发深邃。

　　"真拿你没办法啊。"

　　哥哥终于认输了，他朝雪子点了点头，拿过她留在房里的针线工具，从针包上取出粗细适宜的针，在头发上摩擦针尖，以头油润滑。接着从阿伊努乡土风格的木雕线轴上，找出跟弟弟衣物颜色相近的线，穿过针孔，熟练地缝起破洞来。

　　男人做针线活儿……那动作该有多僵硬，多窘迫啊。雪子先是感到一阵恶寒，与此同时，也做好了被那恶心的丑相惊出鸡皮疙瘩的准备。可在看到哥哥手上的动作时，她竟意外地安下心来，生出无限感佩。那动作与女性毫无二致，但由男人做来，也并未降低他的格调，削弱他的品位，让他显得女气。他手法从容，不失温柔，仿佛只是恰好作为男人接手了这项工作，显得再自然不过。说到底，以哥哥的性格，想必早就学会了针线活儿，平时也总帮弟弟做，甚至自己也喜欢上了这种工作。

"男人做针线活儿也挺好的。"

雪子不经意地说出了心中所想。

然而，当她看向哥哥身旁赤身裸体的弟弟时，为了抵抗铺天盖地撞入眼帘的诱惑，只能瞬间绷紧了全身的肌肉细胞，但很快就难以为继，溃不成军。于是，她陷入困顿痴迷的状态，全身心沉浸在水一样年轻甜美的诱惑中。

雪子会如何描述这位年轻大卫的姿容呢？那时候，她连米开朗琪罗的大卫雕像照片也没见过。后来才在彷徨于欧洲的旅途中知晓。那座雕像位于意大利佛罗伦萨的美术馆中，以嵌入式的半圆形褐色墙壁为背景站立。那忧郁的甜美与梅麻吕相比，虽然有着西方动物性与东方植物性的差异，但二者几乎散发出同样的气息。健壮的肌肉紧实地从胸、背延伸至下腹、腰和躯干。看着他，就像看着一头未成年的豹子。线条流畅而结实的肩膀上，饱满的扇形肌肤爬向后颈，苍白微红的颈部微微仰起。

不过，让雪子深深迷恋的并非这些具体的事物。吸引她的，是那宛如白蜡制成的肉体的光泽。凝结于数代封建制度下的热情，直到明治、大正时代依然沉睡着，倘若被点燃，必定会释放出仇恨的妖火吧。那蜡白的肉体上，隐约还有条勒紧的铂金绳索。

久隅雪子以赏萤为名邀我前来，是想让写小说的我听听这个故事，帮她分担一下尘埃落定的心情。她买下的这栋房子，就是那对古怪亲兄弟生活过的家。雪子讲完后松了口气，说："那位父亲病死后，兄弟俩很快也一同赴死了，这可真是……"

（昭和十二年七月）

なつのよのゆめ

夏夜之梦

她想起一位东洋哲人的
美丽诗句："暗中踏金屑"
遂怀着隐秘超然的心绪
走过一地碎花地毯
穿过枝叶繁密的凌霄花拱门

深夜，月亮刚出来没多久，夜色很淡，让人有种天刚擦黑的恍然。岁子被一种坐立不安的愉悦驱使着走出偏门。

"今晚也要出门啊……不如趁早断念吧。"

兄长还在洋楼二层的书斋学习，察觉到岁子的脚步声，才如此说道。

映在玻璃窗上的圆形灯罩一动不动，想来兄长只是嘴上说说，并不打算下楼阻止。

"是啊，今天是最后一晚了。所以别担心，哥哥就继续学习吧……"

岁子本来只是不想被批评好奇心重，才不留神扯到了兄长的学业，话一出口就担心自己是否言重。不料兄长只是温和地答了句："唔，是嘛。"

她反而觉得过意不去。

"哥哥，棕榈花开咯。树枝上结了好多花房。我刚才感觉有好多小颗粒落在脸上，还以为下雨了，原来是花蕊掉下来了。"

岁子天真无邪的语气像是在逗兄长开心。兄长顿时心情大好，说：

"是嘛，棕榈花开了呀。你低头看看脚下，小米似的落花应该已经铺了一地，是不是很漂亮？"

岁子蹲下身，用手掌轻抚地面。掌心柔软的部分摸到一层沙砾般干燥的花粒。触感干爽，却带着生命的潮湿与温度。她想起一位东洋哲人的美丽诗句："暗中踏金屑"。遂怀着隐秘超然的心绪，走过一地碎花地毯，穿过枝叶繁密的凌霄花拱门。岁子觉得，今夜的自己似乎与兄长、与未婚夫都成了无缘之人。

岁子的哥哥曾我弥一郎与岁子的未婚夫静间勇吉，虽然专业方向略有差异，一个学桥梁，一个学建筑，但都出身于同一所大学的工科，且在欧洲留学过很长时间。所谓文化人，就是他们这样的吧。两人深知近代文化人会因理智过头而高处不胜寒，常常以工作或娱乐来消解无聊，他们自己也是这么做的。

回国后，弥一郎与勇吉的交往日益密切，当哥哥的弥一郎很自然地计划起勇吉与妹妹的婚事，就像把喜欢的烟管、领带夹、桌上的一朵花，割爱送给对方。这对男性友人本就疼爱岁子，不愿把她托付给旁人。哥哥是真心舍不得把率真可爱的妹妹交给不了解她性格的人，不愿旁人随意惹恼她；勇吉则是觉得自己有资格、有能力替友人照顾这个性格与自己截然相反、天性纯真浪漫的姑娘，他了解弥一郎的担心，也很乐意接纳岁子。

"那孩子最近在干什么呢？"

"那孩子啊，哈哈哈，最近好像有点无所事事，因为我做研究的时间太长了。"

弥一郎和勇吉只要聚在一起，就会展开类似的交谈。以"那孩子"称呼岁子，默契地站在各自立场，表达对岁子的关爱与理解。

"不如让她来我这里吧。我这三个星期刚好有空，可以陪她。"

就这样，岁子在未婚夫家与哥哥家之间往返，接受双方的照顾。好在哥哥还是单身，未婚夫家也只有一位叔母，这个中年人只是借住在此，很清楚自己的身份，从不对她指手画脚。

"我这种散漫的性格真的没问题吗？"

有一次，岁子意识到这点，对未婚夫发问。未婚夫深思片刻，又舒展眉头，爽朗地说：

"话虽如此，也不用刻意把自己弄得很累。能散漫度日的时候，散漫些也没什么不好。"

岁子十分信赖未婚夫的机智头脑，同时，又对他那包容的理性莫名有些反感。

回到哥哥家中不久，一天，岁子和哥哥去听音乐会，回来的路上顺道去了家面包店，在那里吃了个冰激凌。或许是冰激凌的香草味太浓，她回家躺在床上，怎么也睡不着觉。在她体质虚弱的幼年时代，这样的夜晚，乳母总会把天鹅绒斗篷披在她的睡衣外，牵着她到住处附近长着茂密树木的小路上散步。天地间的静寂如水一般，让少女冷静下来。很快，她的步伐也开始踉跄不稳，张嘴打了个小小的呵欠。乳母敏锐地发现，说："好啦，夜晚的明星终于摸了摸你的小手。"接着，乳母轻轻抱起岁子回家，放在床上，任她沉沉睡去。

因为想起这个，岁子就在睡衣外披了件哥哥从国外买来送她的针织披肩出了门。事到如今，她虽然不会再期待已故的乳母带她出门散步，也不太想让哥哥或未婚夫片刻不离地陪伴她。两位绅士认为岁子身上出现的类似睡眠的生理现象，是种必然的生理需求，虽会给予温柔的安慰，却并不承认其中存在深层的理由。岁子的想法虽然极其幼稚，那位乳母却会认真聆听。乳母发自内心地尊敬世间万物，相信神秘，也用这种态度对待岁子。而哥哥与未婚夫是不可能这样的，即使他们的手都充满爱意，二人的肌肤触感也与乳母不同。岁子生来就对这种感觉上的差异十分敏感。

这种时候，她就会思考自己与兄长及未婚夫之间的关系。从某种意义上说，她或许是个极其幸福的女人，可她最亲近的两个人却无法理解她那珍贵的心情。这样想来，她或许又是这世上最不幸的女人。不过，这种事靠嘴是说不清楚的，反倒是在夜晚的空气里独自彷徨，更能缓解这种焦躁。

岁子兄长居住的这片区域，连道路都是居民的私有地，路口以栅栏相隔，是个相当安全的场所。即使女人在深夜里独自行走，也无须过分担忧。她深吸着即将出现的月亮光华，穿过茂密树丛间笼罩的理性湿气与地面升腾的感性肉欲，在二者奇妙的交织中，恍惚地转过几个墙角。道路一侧，未经修剪的野生蔷薇如行道树茫漠地伸向高远的天空，植株间随意袒露着一些缝隙。岁子漫无目的游走其外，不料遇上了同样漫无目的出现在墙对面的青年。青年身穿宽松的青灰色罩衫，与她面面相觑。她不由得停下了脚步，就像一个人在山里罕见地碰上另一个人，害怕得移不开眼，同时有种怀恋的情绪掠过心底。在明亮的月光下，青年端正的五官隐隐透出忧愁。他礼貌地说：

"夜色真美呀。您是曾我先生的妹妹吧。要进来吗？"

岁子有些狐疑，心想："这位青年是谁？哥哥说附近住了个同校的后辈，也许就是他吧。"

青年立即说："今晚，我家的庭院非常迷人哦。"

他的声音率真又亲切，简直不像世间普通的语言。岁子很自然地被吸引，想接受青年的邀请，就这样随他进入庭院。但她表面上还是默默微笑，拒绝道：

"谢谢，不过……"

"别担心。"

"可是……"

"你哥哥应该认识我。他是我的学长。"

果然。岁子心想，这一来，她就无须太客气了。

青年姓牧濑。那一晚，她看到了牧濑的庭院，也感受了池塘周围的飨宴。淡淡的韵味里，莫名有种令人牵挂的魅力萦绕不散。

第二天早上，她对哥哥说起此事，哥哥说：

"之前就听说牧濑回国了，果然啊。嗯，那个男人在一众后辈里也算颇有天赋，只是为人有些古怪，本性倒是个君子。怎么说呢，跟他交往不会有损失，但也毫无益处。"

出于这种观点，哥哥并未刻意阻拦岁子。

不觉间，岁子这二十天内断断续续到牧濑的庭院玩了七八次。但她很快就要回未婚夫家里了，今晚想必是最后一次见面，这样想着，她穿过蔷薇篱笆进了门。

"我正想着你今晚应该会来呢。因为月亮和我们初次见面那晚一样。"

牧濑把岁子迎进门，如此说道。

院子四周的高度保留了小丘与假山的余韵，枫树、紫薇等观赏性植物枝干粗壮，树形却展示了园艺师的审美，这一切又显示出庭院的考究。春日里，岁子从哥哥家屋顶花园望见的云霞般的樱树也在院内，走近一看，都是老树。院子中央的池塘水很浅，岸边茅草丛生，其间混杂着莲蓬草、野慈姑等细长型水生花草。

视线穿过架着石桥的中央小岛上的枯松，可见室内客厅里明亮的电灯。主厅似乎摆满了美术品一类的物件。最令岁子感到惊讶的，是那片茫茫生长的夏草。其中有野菊花，也有扫帚菜，简单说来，就像一片覆盖了整座庭院的草原之海。

在三叶草茂密生长的岸旁，牧濑和岁子尽可能找了个干燥的地方坐下，放松精神长达二三十分钟，默默沉浸在夏夜酝酿出的浓厚、爽朗又不失活泼的氛围中。青蛙低鸣，润泽的月亮挂在天上。

"啊，好舒服。"

岁子贪婪地吸食着美味的仙露，无比沉醉地说。

"还会像小时候那样想睡觉吗？"

牧濑悠然地直起侧卧的身体，带着几分揶揄问。这七八个夜里，岁子不知不觉把自己迄今为止的生活体验与感想都告诉了他。

"舒服得简直舍不得睡。又像是睁着眼睛睡着了。"

"说得真好。"牧濑低声笑道，他微微凑近岁子，在藤篮里的食物和食器间翻找。

"你口渴吗？今晚尝尝这个吧。很好喝的。"

牧濑取出月光下闪闪发光的保温杯，把里面的液体倒满玻璃杯。

岁子举起玻璃杯，透过它望着月亮。牧濑说："这是水晶石榴的果汁。果汁是水果最精华的部分哦。"

接着，他不太熟练地把番木瓜切片，放进小盘子里，又把柠檬汁挤在上面，和小勺子一起递给她。杯子里的果汁如同姑射山[1]仙女饮用的仙露，有种冰凉幽深的味道，果肉则有种植物般热情的甘甜。岁子喝了几口果汁，又尝了尝果肉，越发感到快活。淡淡的眷恋与恼人的轻痒浮上心头。牧濑套着运动衫的身体散发出半兽人般强壮的气息，在夜晚的空气里悄然来袭。

森林里突然有鸟掠过，发出"嘎嘎"的声音。牧濑说，是被猫头鹰惊起的夜鹭。为了抵御即将袭来的恋爱情绪，岁子本能地战栗起来，把那情绪抖落在地。

在接受牧濑邀请、进入这个庭院以前，岁子从未想象过，东京还有这种类似山谷的地方。这里是三四代以前的牧濑家宅，隔壁岁子哥哥家的土地，过去也曾属于牧濑家。很久以前，这附近都是江户的乡村，栖息着狐与狸，甚至有秧鸡游过涉谷川，在院里池塘的排水口出现。

牧濑用事不关己的语气对岁子讲起这些故事。他每晚都如此，淡然讲述自己的片段经历、过往生活，到头来却给岁子留下了清晰的印象。意识到这一点，

---

1 姑射山：中国神话传说中仙人居住的地方。

岁子觉得很不可思议。

把牧濑断片似的讲述结合起来，是这样的：他在研究建筑史的过程中，从近代逐渐向原始时期追溯。建筑反映了古老民族朴素的灵魂与单纯的情感，内里又洋溢着极为雄浑、活泼的生命力，他已成为这种精神的俘虏。但根据岁子的观察，他对源自高雅兴趣的近代文化有种自虐式的反抗，又厌倦一切复杂浓烈的元素，深爱返璞归真的事物，可见他性格里既有洗练健康的一面，又不乏孤独。可以说，他穿越了世纪末的颓废深渊，为抓住某种新鲜事物而不断探索、在新与旧之间矛盾徘徊。虽然他还没找到那个精神上的目标，却能使人感受到他肉体的健康与情操的高尚。这就是他无法摆脱的附加性格。

不知为何，今晚他淡然的言行深处，有股燃烧的热情不时往外迸溅，动摇着岁子并不坚定的内心。他还多次提及恋爱。在澄澈夜空的那抹淡蓝月光下，无论回忆往事还是口吐谎言，只要带上浪漫的色彩，好像都显得煞有其事。他虽然憧憬恋爱，表达热情的方式却很奇怪。他说：

"无论肉体还是精神，都通过感觉结合在一起，若是顺从这种生物习性，走上性的祭坛，被拽入比死亡还要强烈的恍惚状态，彻底沦为情欲的牺牲品，倒也不是坏事。可要是稍微转移下注意力，又觉得那种努力不堪入目。况且它会在瞬间驱散人类灵魂的无限性，让人失去生的乐趣，徒留遗憾。

"相对而言，我更倾向于这种男女关系：两具健康且精力充沛的肉体并排躺在原野上，像枝头的鸟儿，只须吹吹口哨，就能彻底理解对方，安居在充满爱的世界里。"

微风拂落草叶上的露珠。不知是否大气循环之故，远处百合地里的香气飘来，与庭院的气息混合出一股焦煳的味道。牧濑发现岁子闻到了这种味道，解释说，是附近街区的澡堂在连夜打扫烟囱。也许是灰尘飘了过来，又或是夜晚空气变冷，池塘表面笼起一层薄薄的银灰色雾霭，浓淡相间的旋涡让看的人也出现幻觉，记忆深处的各种情绪起伏，几乎要脱口而出。牧濑心旌摇曳了好一阵，才终于凝视着那片雾霭幻境说：

"很久以前，牧神与仙女从不会纠结他们的关系。他们相爱时，就相信爱有无所不能的力量。两人像孩子般疯狂玩耍时，心中也充满了爱。即使因为某些恶劣的玩笑而彼此争吵、相互折磨，那份爱也不会动摇。他们深信星辰运行的法则，尊重彼此的天性，从不心生怀疑或不满。当这两种情绪出现，那颗星星掌控的命运也走到了尽头。接着又有另一颗星星带领他们走向另一段命运。他们也将再次精力充沛地投入新生活。

通过这短短七八天里的会话，我明白了，你大概成长于一个理想的家庭，能坦率且无条件地接受爱与善意。我猜，你应该能理解我的恋爱观。

"这七八个夏夜，和你在这里聊天的记忆也许会成为我一生中最美好的回忆。冒昧地说出这些话，还请原谅我的失礼。即使你与静间君结婚，我也仍然觉得，你的特异性属于我。"

"我的特异性？还有这种东西？"

"你的特异性，说得夸张点，就是只要你想，就能以纯洁的处女之身受孕……哈哈哈哈……"

"……"

突然，牧濑径自起身走到池塘边，像是与刚才的话题无关，又像是接着那个话题一般，以祈祷的姿势跪下来，并催促岁子照做。澄净的水中映出两人的脸。拂晓前的水面宛如刚磨好的铜镜，深邃而凝滞，照出的人影也因此有了深度。

水中浮现出一对年轻男女的脸，看不出年代与出生地。

牧濑凝神注视了好一会儿，笑道：

"果然还是人类男女啊，哈哈哈哈。"

岁子突然觉得某种气息钻进了她的衣领，但面对牧濑，面对周遭的环境，她并未心生不安。

不只如此，眼下的她反倒沉浸在一种渺茫的情绪里，觉得此生再也没机会进入这个梦中世界。

附近森林飞来的鸟儿掠过池面，两人同时抬头。

西边的月亮开始泛白，天空也亮了起来。天地仿佛张开大口，露出不可言说的神秘威严，和一张空洞虚无的脸。

岁子几乎整夜都在听这位青年说着矛盾又独断的话，但她并不觉得无聊，反而从他脱俗的言语中体会到那痛苦的真心。她心生喟叹，无法自已，怀着悲伤与柔情叹了口气。

"到头来还是让你叹气了。但这不全是我的错。也是月亮的错，夏夜的错，是被夜露沾湿的青草味的错。不过，真难为你这些天陪我度过梦游症的时间。一想到今晚是最后一次，我也很不舍，但天快亮了，我们不得不就此别过……平凡又秩序井然的白天就要来临。我们用一整晚采摘、收集的抒情气息与高洁之花也终将散落。"

说完这些，他沉默地分开茂密的草丛，缓缓离开了庭院。

结婚前夜，岁子对丈夫讲述了牧濑庭院里的夏夜故事。丈夫听后照例深思片刻，然后展眉道：

"这段经历很美好。不如就以《夏夜之梦》为题，收藏在你的记忆里吧。如果将来，你的心因俗套的婚姻生活感到无聊，不妨偶尔取出这份浪漫记忆来回味一番。届时也请让我与你分享。"

就在这一刻，岁子爱上了丈夫的明理与通达。

没过多久，岁子从兄长口中听说了牧濑的消息。他前往中亚，坚定地开启了发掘古代建筑遗迹的旅程。

（昭和十二年七月）

きんぎょ
りょうらん
金鱼缭乱

六年后的现在
柔美的景致与水声的环绕
不但没能陶冶他的心性
反倒让他本就顽固的性子
又添了分枯燥
他面无表情地抬起视线
望向山崖上方

这天，复一跟往常一样，把好不容易开始变色的金鱼幼苗一条条捞进盘子里，专注地用放大镜观察。今年又失败了啊——还是没能培育出理想的金鱼。复一呢喃着把盘子和放大镜往檐廊上一丢，面无表情地仰躺在地。

屋外的山谷绿意正盛。树叶美得妖冶，从新绿基调的红茶色系到微微泛紫的嫩叶，染成了五种颜色。随风摇晃的树叶反射在山崖光滑的红土表面，就像金屏风在闪闪发光。五六丈[1]高的山崖斜面上随处可见盛放的雾岛杜鹃。

用于稳定崖根一带的竹林里长着湿润的草丛，晚开的樱草、早开的金莲花斑驳地延伸至小溪岸边。溪

---

1 丈：日本计量单位中，100 米为 33 丈。五六丈相当于 15～18 米。

水是从山谷间涌出的天然水，对复一这种金鱼饲养商来说，可谓谋生之根本。溪水旁有七八个金鱼池，有的池面盖着芦苇帘，有的露天敞着。山崖对面、路旁的石墙下有条水声响亮的大水渠，由于市内脏水都汇于此处，水质异常浑浊。

六年前，同样是山谷里晚春花还在绽放的时节，复一离开地方上的水产试验所，作为金鱼屋继承人再次回到养父母身边。

虽然复一从出生到进入水产学校为止，都生活在这里，却是在那时才意识到"东京山手区也有这种桃源般的地方"，并因继承了这个占据山谷的金鱼屋而心生欢喜。不过，六年后的现在，柔美的景致与水声的环绕不但没能陶冶他的心性，反倒让他本就顽固的性子又添了分枯燥。他面无表情地抬起视线，望向山崖上方。

山崖上有栋宽阔壮丽的宅邸，庭院草坪的一端朝崖下垂落，近处伫立着一座半圆形的罗马式亭子，一根根圆柱在六月的阳光里投下鲜明的紫蔷薇色阴影，圆柱间是高高的蓝天。遥远的白云以圆柱为横梁，在空中缓缓移动。

今天，崖上宅邸里的夫人真佐子依然坐在半圆形亭子的正中央，丰满的身体正对阳光。隔得老远也能看见她膝上胡乱放着些编织的针线，身旁有个小女孩斜倚着她发呆。那画面洋溢着幸福，与复一的心情相去甚远。真佐子的近视颇为严重，从她那里应该看不到复一，但复一在这边却能每天望见她，因为太过常见，那画面并未对他造成特别的刺激，可他若不对此作出反应，生出嫉妒、羡慕或迷恋的情绪，就会心如死灰，失去生机。

"啊，今天也得看看那幸福的画面。那个与我没有丝毫关系、骄傲活着的女人。那个对我而言，宿命般无法割舍的女人……"

复一"噌"地站起身来，点燃一根烟。

那时，人称"崖上宅子里的大小姐"的真佐子还是个平凡的少女。她沉默寡言，总是埋着头，还爱咬嘴唇。她很小就没了母亲，是父亲一手带大的独生女，旁人也许会因此觉得她可怜。这位真佐子小姐从不深入思考问题，对外界的刺激也很迟钝。她提着铁桶到复一家买金鱼时，如果在回家路上被小狗追逐，就会四肢不协调地慌忙逃跑，跑出老远才停下，后知后觉地露出害怕的神色。那瞪大的圆眼睛和怪异的动作在复一的养父宗十郎看来十分有趣，哪怕知道对方是重要客户的千金小姐，也笑着打趣："简直跟兰寿[1]金鱼一样。"

出于漠然的阶级意识，崖下金鱼屋一家对崖上宅邸里的人心存反感，复一念小学的时候，常在放学回家的路上伙同附近的小孩欺负真佐子，家里大人知道后也不太责备他。有时候，宅子里的女仆跑来抱怨，复一的养父母会当场道歉，接受批评，但等女仆离开后，又跟没事儿人似的，非但不教训复一，甚至懒得看他一眼。

于是，被纵容的复一开始变本加厉，用更激烈的方式欺负真佐子，假装老练地纠缠她，在女性贞操的问题上找碴。

"喂，今天的体操课，你让男老师帮你提衬裙了吧。居然让男老师做这种事，真是个不要脸的家伙。"

"你今天给流鼻血那家伙递了两张纸吧？很可疑哦。"

说完，他势必会加上一句："你完了，是个嫁不出去的女人了。"

每到此时，真佐子都会陷入无可挽回的绝望，脸

---

1 兰寿：观赏类金鱼的品种之一，日文写作"蘭鑄"。形态类似于虎头金鱼，二者都有头部肉瘤和肥满的身体，但在专业细分上属于两个品种。

色苍白地盯着复一。眼角下垂的深青色大眼睛里除了迷惑，没有任何敌意或反抗。瞳孔的模样像是把灵魂都沉浸在言语荆棘带来的刺痛中。最后，她的脸猛然抽搐，珍珠色的泪似月出般涌出下眼睑。她用衣角挡住脸，迅速转身，与年龄不符的高大背影无声起伏。复一体内那股青春期火热的欲求不满瞬间被吸走，取而代之的，是溢满胸腔的甜蜜哀愁。他心口不一地模仿成年人大吼：

"有点女人的样子行不行，你这疯婆子！"

话虽如此，真佐子仍会出于对金鱼的喜爱，忘了被复一欺负的事，继续来买金鱼。当着父母的面，复一不会欺负来买金鱼的真佐子，只是冷淡地撇开脸，兀自吹起口哨。

一个春天的傍晚，真佐子罕见地空手散步到复一家门前，复一迅速发现，照例跑过来欺负她，并在甜蜜的哀愁充满内心时，朝真佐子的背影大吼："有点女人的样子行不行！"下一秒，真佐子竟出乎意料地转过身来，再次与他四目相对。少女哭泣的脸上绽出狡黠的笑意，仿佛无花果的果肉自尖端破开。

"女人的样子是什么样儿？"

复一正觉讶异，少女突然从袖兜里掏出拳头，"啪"

地打开。下一秒，樱花花瓣就劈头盖脸地砸了过来。少女稍微退后几步，说："这样够女人吗！"说完就笑着逃跑了。

复一立刻闭眼封口，还是有几片微凉的牡丹樱花瓣钻进他口中。他咳出几口唾沫，发现还有一片花瓣粘在上颚最深处的柔软地带，无论用舌尖顶、用手指揭都弄不下来。他手足无措，甚至怀疑花瓣贴在喉咙里会死，于是哇哇大哭着跑回家，在水井边漱了个口，终于吐出了花瓣。而贴在他心底某处、难以触及的苦涩花瓣，却再也没能揭下来。

从第二天起，复一虽然还是会在见到真佐子时耸肩抱肘地示威，内心却充满了卑微，再也说不出话来。真佐子则表现得十分成熟，故意对他礼貌地颔首，还把买金鱼的任务交给了女仆。

之后，崖上宅邸里的真佐子与谷地金鱼家的复一进了不同的中学，交了不同的朋友，有了不同的兴趣爱好，碰面的机会也日渐减少。当他们再次在电影院偶遇时，真佐子已经出落成一个足以让复一心生敌意的美人。她下巴略宽，轮廓姣好，眼角微垂，漆黑的大眼睛水光四溢。如果两侧唇角稍稍上扬，那生动的模样就会让人一眼沦陷。胸到肩的部分几乎已经发育成熟，显得丰满漂亮，手脚纤长紧致，身高也在日益拔节。真佐子保持挺胸抬头的淑女姿态，用眼神朝他微微致意。复一狼狈地撇开脸，不敢看她，把注意力都集中在耳朵上。真佐子的朋友似乎问了她什么，她答说："这是我家崖下金鱼屋的儿子。在学校成绩很好哦。"那句"在学校成绩很好"语调平稳，完全没有弦外之音，复一闻言，羞耻得满面涨红。

据说世界大战结束后，真佐子家受经济恐慌的影响，财政上遭到很大打击，这个消息甚至传到山崖下的复一家。可抬头一看，那家人不仅新盖了洋楼，重修了庭院，连到他们家买金鱼的数量也变多了。女仆来金鱼屋拿鱼饲料的时候说："因为工匠的费用变低，老爷说正是修房子的好时机。"山崖边那座休闲用的罗马式半圆形亭子，就是当时顺便修的。

"如果赚钱不再让人快乐，至少要会享受生活啊。"

真佐子的父亲鼎造从崖上来参观时，一脸稀奇地望着金鱼池说。他五十岁左右，身材矮小，又瘦又黑，身穿深色市乐织和服便装，袖兜里总是揣着肠胃药。美丽动人的爱妻在他年轻时撒手人寰，他没续弦，只在别处养了房小妾，自己似乎也对这种操守颇为自矜。

复一家的檐廊上晾着金鱼桶，鼎造与宗十郎并肩坐在旁边聊天。

宗十郎家的金鱼屋历史悠久，是这片谷地的传统产业。而鼎造那栋崖上的宅子，是真佐子出生前一年，才整平崖上的桐树林修成的，至今不过十五六年。

鼎造来的时间不长，却对周边一带，甚至对金鱼的事所知甚详。鼎造的祖父十分喜爱金鱼，曾住在东京山手的洼地里，鼎造在谷地金鱼屋上方的山崖边建了房子后，自然也回忆起小时候在家饲养金鱼的事。尤其是在美丽的爱妻去世后，他生出一种若有似无的惆怅，觉得金鱼明明是活物，却美得超凡脱俗，所以对它们格外着迷。

"对江户时代那些贫穷的旗本[1]来说，饲养金鱼是种很体面的副业呢。当时山手地区的麻布高地、赤坂高地有许多洼地，只要是有水涌出来的地方，几乎都有人养金鱼。您家也是其中之一吧。"

听了鼎造的话，养鱼专家宗十郎却含糊地答：

"大概吧。毕竟家里往上三四代都是做金鱼生意的。"

---

1 旗本：江户时代，将军的直系家臣中俸禄在一万石以下，等级在"御目见"（即有资格直接觐见将军的身份）以上的人。

宗十郎望着发黑的天花板有一搭没一搭地附和也是有原因的。宗十郎夫妇虽是复一的养父母，实际却是被这个家收养的。二人年轻时是家仆，为了代替复一病死的父母照顾襁褓里的复一，才接受家族亲戚的安排，继承了这个金鱼屋。在那以前，宗十郎夫妇是乏人问津的荻江节[1]师傅。宗十郎坦白道，刚开始跟这种活物打交道的时候，觉得这事儿太可怕了。

他淡淡地看了眼角落里复习备考的复一，又说：

"复一才是这个金鱼屋的主人，理所当然要继续干这行，但以后的事也难说，毕竟现在的年轻人都爱自己拿主意。"

"哎呀，金鱼就很好。一定要让他继续干。普通金鱼虽然不稀罕，但只要经过改良，不断培育出新品种，想卖多高的价格都没问题。况且最近外国人对金鱼的需求也大了。我们国家的金鱼饲养已经变成了不起的产业咯。"

复一惊讶地回过头，心想，所谓的实业家还真是见多识广。鼎造接着说："而且今后不管做什么，都得好好应用科学才行。冒犯地说一句，如果你们想让

---

1 荻江节：古曲之一，以长调为母体发展而来的三味线音乐的一种。

复一继续读书但手头钱不够，我可以帮忙垫付部分学费。"

这次轮到宗十郎惊讶了。他望向鼎造，心说有钱人可真厉害，提出这种冒昧的建议还一脸平静。鼎造见状，稍作收敛，说：

"那啥，实话跟你说了吧，我家不是只有条雌金鱼嘛。所以看到人家的雄鱼就会羡慕，想帮一把。"

复一有点冒火，就算把人比作雌雄金鱼也该有点分寸吧。但转念一想，不改掉这唱反调的习惯就没法儿接近真佐子了。想起真佐子抛进自己上颚深处的樱花瓣，复一既难受又怀念，于是不断用舌尖去顶上颚深处。

宗十郎的妻子端茶过来时说：

"您只有一位千金，想必很担心她吧。"

鼎造有些逞强地说：

"所以才要想方设法找个能干的男人当女婿嘛。毕竟是自己的孩子，哪怕是个傻瓜，也只能把家产传给她。"

最终，复一接受了鼎造的提议和资助，准备到东京一所专业学校学习金鱼饲养。对此，真佐子好像一无所知。但那时复一已经发现，真佐子身边确实环绕着三位青年，即鼎造所谓的"别人家的雄鱼"。他们也接受了鼎造的资助，身穿金扣制服在真佐子家中出入，复一把他们视为眼中钉。根据他的观察，真佐子同时在与三位青年交往，且对他们一视同仁。因为鼎造也曾饱尝人世艰辛，所以并未把资助的事放在心上，从不挟恩自重，只把青年们视为聊天对象。之所以选择友田、针谷、横地这三人，主要是因为他们不自卑，待人接物都很从容，就算面对恩人家的小姐也一样，偶尔还极其随意地用网球拍拍打她，像招呼同龄女性那样喊她"真佐子，真佐子"。这是三条雄金鱼针对一条雌金鱼展开的竞争，但他们都掩饰得无比自然。这种表现也正好让真佐子有理由对他们采取一视同仁的态度。

每当看到崖上宅邸的年轻男女间那种圆滑快活的交往模式，复一就会反观自身，明明遗憾得要死，也要自欺欺人地想，谁要跟那些没有自我的家伙一样啊，我才不会搞那种半吊子的交往，要么征服别人，要么被人征服。但这段时间，他觉得真佐子的女性魅力渐渐超出他能承受的极限。作为恋爱或迷恋对象，自己动辄拧巴抵触，只要出现在她面前，就会丧失一切力量。他也开始像早熟的青年那样，就人生问题进行各种猎奇的探索。最终还是没能朝崖上宅邸迈出一步。他决定用最擅长的逞强来对抗真佐子的变化。说到底，像他这种徒有蛮力、毫无闪光点的人，就算加入崖上那群人的竞争，也只会落得惨败收场。尤其真佐子是个天仙般的女人，自己总归是配不上的。要想与她交往，要么就甘心做个自惭形秽的帮闲，要么只能盛气凌人、虚张声势，二者只能择其一。他的本性注定，哪怕逞强也要偏执到底。要而言之，如果采取普通的办法，自己从一开始就不是真佐子的对手。唯有故意使坏不理她，或许还能对她产生几分吸引力。复一想起幼年时代对真佐子几近变态的欺凌，哀伤甜美的追忆让他越发不平衡。

其间，复一从东京的中学毕业，即将启程前往关西一家研究家畜鱼类的湖畔水产所读研。九月的某个夜晚，也是出发前一周，真佐子打着手电筒走下山崖，带着饯别礼物和鼎造让她转交的旅费来到复一家。宗十郎夫妇道过谢，真佐子对复一提议：

"临别前，一起去银座喝杯茶吧？"

说着，她随意地理了理前襟。复一本来打算拧巴到底，这会儿却改变了想法，挣扎道：

"银座那边乱哄哄的，榎木町的小路一带倒是可以。"

从三四年前开始，复一就养成习惯，用郑重的言辞与真佐子对话。那态度不像朋友，而像身份略有差异的男女。

"你想去的地方好奇怪啊。也行，那就去榎木町吧。"

榎木町没有赤坂山王下的宽阔与繁华，也没有六本木葵町内的紧凑与嘈杂，斜斜连接两条大道的夜市街没有阔气的大店铺，却也精致小巧、热闹非常。各家店门口摆着种类齐全的商品，柔和的灯光在洒过水的路面闪闪发光，四处流淌，街道也保有适度的昏暗，很有初秋的味道。水果店外的下水井盖上堆着炮弹似的青黑西瓜皮。橱窗最显眼的位置则摆着刚上市的梨和葡萄。一个胖胖的女孩坐在小凳子上看绘本。总体而言，这条街既不吵闹也不冷清，相当别致。

周围少有揽客的出租车司机，真佐子与复一悠闲地漫步在街道正中。对复一而言，上次跟真佐子近距离接触，已经是六七年前的事了。起初，他惊讶于她变得如此成熟、魅力四射，就连她轻微的身体动作，也令他产生了被性支配的惊恐，只能努力控制自己的感官。很快，复一体内某种意识开始融化，不知不觉卸下了枷锁，融入真佐子的气息并享受其中。这一来，店里的灯光、街上的行人，都像蒙上了一层香水雨，显得妖冶而朦胧，他的自我意识也随之涣散。

不过，复一心底还残留着某种焦灼的抵触，那感觉让他放慢脚步，落后真佐子两三步，试图尽量客观地打量真佐子和自己。他清楚地看到真佐子露出脖颈的和服领子里那件爱尔兰麻制蕾丝的打底衫，视线向下移到红陶般的圆颈窝，一堆漂亮的软肉小山像刚捣好的糯米团，隆起和缓的曲线。

"这个女人的肉体具备无可挑剔的女性魅力。"

这样想着，复一幽幽叹了口气。他比真佐子高很多，也瞧不起如此打量真佐子的自己，为了冲淡那种无法企及的悲伤，他转过头，把视线投向横街尽头、山王森林的浓影中。

"复一君非得继承金鱼屋吗？"

真佐子以为复一就在身旁，很自然地转向无人的一侧询问。落后一步的复一急忙上前与她并行。

"我也想一鸣惊人，但现实不允许啊。"

"你也太丧气啦。如果我是你，就会心甘情愿地继承金鱼屋。"

真佐子用缥缈不定、却是她最认真的表情看着复一。

"这话或许听来幼稚，但我觉得，人类所能创造的最自由、最美丽的生物就是金鱼。"

复一感到不可思议。迄今为止，他明明只在这个女人身上发现过富人家培养出的精神品质，可眼下，她却对人生价值发表了批判性意见。这是她在散步时即兴想到的，还是反复思考后得出的结论呢？

"你说得有道理，但我还是觉得，金鱼就只是金鱼而已啊。"

真佐子那缥缈不定的表情动了动，水蒙蒙的眼眸越发幽深："你虽然是金鱼屋老板的儿子，却完全不懂金鱼的价值啊，很多人可都为了金鱼神魂颠倒呢。"

这是真佐子从父亲那里听来的故事。

关于这事，复一其实比真佐子知道得更详细，但由真佐子模糊叙述出来，反倒让他认识到其中的价值。内容简单说来如下：

日清战争[1]结束后不久，明治二十七八年，日本突然兴起一股金鱼观赏热潮。专家们想借机组建金鱼商会，试图往美国输出金鱼。观念超前的金鱼商尤其注重用不同品种交配出珍奇的新鱼来扩大观赏鱼的市场

1 即中日甲午战争。

需求。都下砂村有名的金鱼饲养商秋山，试图融合兰寿雄赳赳的头部肉瘤与琉金[1]完美簇生的尾部，培育出一种头尾俱美的新品种。他倾尽所有，竭尽全力反复研究，据说历时八年，终于实现了目标。而名品"秋锦"，就是在研发新品种的混沌初期所诞生的金鱼。

那时，业外也出现了许多热心的饲养家。大家有时会拿出自己培育的美鱼举行品评会，还有人为美鱼制作排行榜。

也有金鱼中介商周旋各方，筹措相关设备费用、联络人情交往。仅仅为了饲养金鱼就破产、落难逃亡、陷入窘境的人不在少数。这些爱鱼人士的行为在当时近乎妄想，他们试图抽取所有金鱼种类的优点，集中起来培育理想的新品种，为此还投入大规模的设备做实验。G氏也是其中一员。

拥有和金淡雅的面部、隆起的背部，又能保有琉金丰满的胸腹。

羽衣般的鳍包裹着鱼身飘荡，体表颜色缤纷得好似刚刚涂抹上色，尤其要像西班牙舞娘的裙摆那样，以恰到好处的间隔点缀着风情万种的黑斑。

---

1 琉金、和金都是金鱼的品种名。

在经历了反复的交配实验后，这种超越现实的美丽金鱼不再只是 G 氏脑中描绘的梦幻，而渐渐具备了实现的可能。但在此期间，G 氏的脑子却提前进入梦幻状态。散尽家财后，他人也傻了，一边喊着"辉夜姬"这个为新品金鱼取的名字，一边穿着破破烂烂的衣服仓皇离去，消失无踪。唯有那半成品的畸形金鱼与这段逸话在饲养家之间流传。

"如果 G 先生能保持头脑清醒，不因痴迷而发疯，持续用科学的方法培育出理想的金鱼，就会成为实现伟业的勇敢英雄吧。"

不同于绘画、雕刻、建筑等行业，以生命为材料在水中孕育出缥缈美丽的造物，是种多么神乎其技的艺术啊！真佐子竭尽所能地赞美着复一即将投身的行业，不断鼓励他，直到他们行至灵南坂，进入一家美式面包店。

一两只飞蛾围着楼上的枝形吊灯飞舞，发出冷清恼人的振翅声。灯下的两人静静在桌边喝茶，复一反问道："我的事就说到这里。真佐子小姐有什么计划？对将来有何打算？你已经完成了学业，变得这么漂亮……"

他欲言又止。真佐子闻言，缥缈苍白的脸上微微含羞，拢着袖子说：

"我啊。或许算是个漂亮的女孩，但也是个平凡的女人。也许两三年内就会随大流结婚，生个孩子，成为母亲吧。"

"结婚可不是随随便便的事啊……"

"但我总不能把全世界的人都调查一遍啊，理想的婚姻可遇不可求。世事无法尽如人意。人本来就是不自由的。"

这话听来虽然绝望，但她的声音十分平静，既没有因人生平凡而产生遗憾与不甘，也没有因绝望反而对未来生出好奇与热情。

"我只是优柔寡断，可你的人生态度这么消极，也没资格让我鼓起勇气吧。"

复一心底冒出一股无名火。真佐子罕见地像儿时那样半咬嘴唇，说："确实如此，但一看到你，我就忍不住想劝。这不是我的错，大概是藏在你心底的情绪——某种类似不满的情绪传递给我，让我说出了这些话。"

两人沉默了片刻。复一从真佐子身上感受到一种对人生毫无算计的美，它一刻不停地在空气中扩散，徒然无谓地燃烧，让他心里充满怜惜，蠢蠢欲动，想把真佐子抱紧，就像急于阻止花瓣散落，可最后……

复一吐了口气，说："今晚真安静啊。"

他只能这样而已。

复一读研的水产试验所坐落在关西一个巨大的湖边。晚饭后刚好能散步到 O 县厅所在的市。

试验所前面住着一户手工业者，以制作圆筒与木盒为生，复一租了他们家一间偏房，过上了单纯的工科生生活。白天去试验所，晚饭后散步到市里喝点啤酒、看个电影。包括高年级学生在内，研究生共有十人左右，大家关系融洽，其中还有人研究淡水鱼的养殖、捕捞及产品保存，在专业内部也算冷门。他们大都已经确定了就职方向，毕业后会进入水产相关的政府机关、公司、协会等，也就是说，他们作为技术人员的人生路线已经被规划好了。这些人看上去都是朴实的胆汁质青年，大都出身于东京以外的地方县。两相对照，复一就显得尤为机灵聪慧。因为他的专业是金鱼养殖，为人还带着点都市人特有的敏锐感知，同级生错把他当成艺术家、诗人、天才，对他另眼相待。复一因此得到了他最欠缺和轻视的头衔，生出一种微妙的不协调感。

分管复一的主任教授也很器重他，需要进行人际交涉时，大多会派复一前往。有几户人家与湖畔水产试验所维持着业务往来，复一在他们家出入期间，也认识了两三位妙龄女子。女孩们都向往都市，也对复一这个都市青年青睐有加。出于同样的原因，市里声色场所的女人也都偏爱他。从这些交际中，他获得了无比真实、刺激的体验。

不过，自打离开东京，能让复一发自肺腑地另眼相看、惊讶地觉出强烈羁绊的，只有真佐子。

真佐子毫无个性——她就像只外表美丽的蝴蝶，只知徒然绽放，虽然魅力无穷，内里却是空洞，偶尔也会说几句伶俐话，声音却像机器人一样冰冷。此外就净说些漫无边际、令人恶寒的事。她生来不知痴情为何物，也没有丝毫女人该有的淫媚与世俗。或许是对真佐子抱有这样的看法吧，复一离开东京时，反倒一身轻松。终于要和那个无情的假人小姐诀别，和那个美丽的魔鬼说再见了。再见！

但这想法也只持续了一两个月。当开头那阵新鲜劲儿消失，湖畔的生活变成呼吸般的日常，他再次于起居坐卧之际感到深沉的寂寞、遗憾与痛苦。此时，他觉得真佐子就像某种植物绽放的最后的花朵，雌花尚未邂逅雄蕊就要走向灭绝；又觉得她是无知无觉的傀儡娃娃，受制于某种强大力量的操控。总之一想到真佐子，他就会陷入哀伤，不可自拔，体内的男性因子急着寻求解脱之法。但意识到再努力也很难让她拥有人的情感，复一对人生的看法也逐渐走向悲观绝望。清冷的虚无迅速浇灭他的野心，让他失去斗志，搜肠刮肚只能吐出无言的叹息。不过，他也逐渐爱上这种带有神秘色彩的恋爱心境。

或许正是因此，复一对金鱼的想法也发生了翻天覆地的变化，他逐渐从那些带有非现实色彩的金鱼身上，深刻领悟到"生命"本身的姿态。它们看似柔软，却旁若无人地活着，只知张嘴进食，动辄改变生活的重点，对真正意义上的强大无动于衷。复一在心中发出诧异的惊叹。他从小在金鱼屋长大，从早到晚看金鱼看到腻味，却从未有过这样的想法。他曾在大田鳖幼虫的腹部开孔穿线，将其放入遍布水绵的池里牵着玩，在他的认知里，水中那些脆弱散漫、红布条似的东西就是金鱼。家里有七八个小池子装的全是没人要的金鱼，它们每年不断繁殖，像红叶般飘满池面，努力维持族群延续的同时，还养活了贫穷的复一全家。对他们来说，这些低级品种的金鱼就像木柴一样实用。

复一的养父是个失败的金鱼商，人到中年，也没培育出什么高级品种，能卖出高价的只有养了五六年的红鲫鱼。复一进入试验所后，大致了解了那些作为范本养殖、艺术品似的金鱼种类。兰寿、荷兰狮子头自不必说，还有出目金、顶天眼、秋锦、朱文锦、金兰子、三色琉金、东锦，此外还有产自美国的金鱼：彗星金鱼——18世纪诞生于华盛顿水产局的池子里，当地学者苦心研究后为之定型并取名。这种鱼十分活泼，说是金鱼，倒更像斗鱼。因为所有标本鱼都由复一统一喂养，所以每天中午，金鱼们都在期待他的投食。

换过水后，金鱼们就开始愉快地排便，在阳光照射下，粪便如同上过色的长条彩虹。

随着研究的深入，复一开始闭门不出，除了往返试验所的研究室与租住的房子外，哪儿也不去。这一来，湖畔的女孩子反倒变得热情主动起来。

有位渔家姑娘住在半里开外的湖对岸，家有白壁仓房，常在出崎城的城墙外晾晒渔网。

她叫秀江，家境富裕，性格既有尖锐、势力的一面，又有关西女性的坚韧、执着。

复一虽然受试验所托，负责到秀江家取鱼，但近来，即使他们捕获了珍奇品种，复一也再没出现，只好换其他学生接替他的工作。秀江一开始就不相信复一的忠诚，见他不再来访，就不断猜测他是在闹脾气还是真有别的事，同时想方设法地调查。她拜托当干事的哥哥邀请复一来出崎，给村子里的青年们做几天讲师，传授渔业知识，又怂恿侄子给复一寄些可爱的明信片，从回信中揣摩复一的心情。但她自己无论写信还是打电话，都再难得到任何有意义的回复。她在哥哥家做家政妇，操持家务是把好手。因为她和复一的流言在湖畔一带传得很夸张，她也不便接近试验所。

"又到了秋天，离开东京也有两年了。"

黄昏时分，复一眺望着镜面般的湖水，解开摩托艇的缆绳。对岸沙洲上，富士山形状的 M 山突兀耸立着，夕阳不再刺眼，宛如纸拉门的铜把手，鲜明庄重地坠在山边。发动引擎后，摩托艇曳着鹡鸰尾似的长弧滑出湖面，"嗡嗡"的马达声打破山水间的宁静。

当小艇靠近海水浴场一侧的沙洲口时，湖水一分为三，朝各个方向延展开去。左手边最为开阔，像口袋般越往里越浅，在淡红的暮霭下越发显得辽远；右手边是台地，依稀可见芦苇洲上的渔家；第三条岔道与湖水唯一的出水口——S 川的源头在此分道扬镳。远远望去，火车行驶的铁桥与人马行经的木桥重叠在 S 川上，喷着浓烟经过桥上的火车仿佛只有玩具大小。

明明是黄昏的湖畔，风势猛得却像在海边，复一最初把小艇驶入左手边的沙洲口，但见湖面掀起波浪，鲥鱼频频飞出水面。为了避风，他又驶进另一条岔道，很快，出崎城的天守阁从松林的阴影里探出头来，秀江村子里晾晒的渔网映入眼帘。最终，他还是跟往常一样，把船驶进岔道与 S 川交界的台地下，停靠在芦苇洲旁的老地方，准备独自享受湖畔孤独的黄昏。

复一仰躺在小艇里。不知何时，夕阳散尽了余温，如打磨过的铜铁闪着寒光。天边散满刀削般翻卷的红云，当天色完全变为刀身的色泽时，云朵也像收到某种信号，散发出晶莹的云母色。复一抬起头，一轮圆月挂在 O 市的上空。与之相对，O 市的街灯放出浑浊的红光，屏风似的山岭呈 Z 字形向南面扩张，墨色的褶皱险峻而凌乱。

对岸湖面的浪平静下来，水里传来"咕咚咕咚"的涌动声，听来十分亲切。这一带不知为何有清水冒出深渊，抬高水面，又卷起漩涡散开。因为水质良好，人称"涌泉"[1]，据说京都的茶人总是专门开车来此汲水。据说有对男女曾跑来投湖殉情，却因为沉不下去而没死成。种种特色也让这里成了观光名所。

周边一带的泥沙里长着许多柳树，复一是在寻找给金鱼产卵用的柳树根须时，发现了这个地方。

"我把生命给了金鱼，恋情给了真佐子，肉体给了秀江。我的存在竟如此巧妙地分裂为三块。"

听着滚滚上涌的泉水声，复一心中的孤独越发深重，批判的焦点也越发集中。

他半睡半醒地仰躺着，朦胧的意识表面浮现出照片般的画面，时而是真佐子苍白的脸、大而迷离的双眼，时而是长着娇艳黑斑、胡乱拍打的金鱼鳍，时而又是秀江身体的一部分，水灵灵地勾人欲望。这些画面在他脑中执拗地切换，其间又掺杂了无意义的事物与过度的探索，他只能不时睁眼望向虚空。频繁闪现的强迫观念来来去去，让他的大脑陷入适度的疲惫。

不知不觉，复一的身体向左侧倾倒。湖水不断拍打着歪斜的摩托艇边缘，暮色与苍冥融为一体。夜幕下的沙洲畔，卷土重来的白浪失去纵深感，连同"哗

---

1 原文为"もくもく"，拟声词，多形容烟、云等滚滚而出的样子。此处则形容渊里的水不断上涌。

哗"的水声不断拍打着复一的意识表面，让他在朦胧中置身于明暗之外的另一个世界。渐渐地，复一也分不清他朦胧意识里的场景就是对岸夜色，还是说对岸夜色是他意识里勾勒的场景，画面就这样模糊地沉淀、定格，孕育出充满自由与希望的欣喜。

不受拘束的心灵开始思考梦境与现实——希腊神话里出场的半人半神，不仅是一种思想，也是实际的存在。他们或许依然活在这个世界上。要么对现实世界感到腻烦，要么在粗野的现实里寄托爱憎情感，要么因为过于敏感，受到现实的逼迫，又因生命力旺盛而无法死去。他们稚气未脱，对世间仍有留恋，所以无法进入天堂，或许仍悠然游荡于世间。就像真佐子和那些缭乱的金鱼，脱胎于半人半神的世界，只把躯壳置于现实中。若非如此，就不可能生得一副非虚非实的美丽姿容，闲适地活在这世上。说起来，无论真佐子还是金鱼，那种睁大眼睛、刚睡醒般毫无防备的表情之下，依稀都藏着对现实的蔑视、超然的批判与讽刺般的天然……复一再次不可遏制地想起真佐子。

月至中天，浪声渐大，皎洁的月光下，泛白的水雾笼罩湖面。朦胧之中，好似有小船悬空而来，摇橹声传入耳中，显然不是在做梦。摇橹女子的身影越来越近，她抬手理了理蓬乱的头发，扬起的脸被月色照亮，原来是秀江。复一迅速闭上眼，仿佛不想看到她。

女人的船头擦过复一的船腹。

"哎呀，在睡觉吗？"

"……"

"睡着了？"

划船靠近的女人屏息凝视复一的睡脸。

"我家回来那两三艘船上的人说，你一个人骑着摩托艇偷偷来赏月，我就跟过来啦。"

"很好。我正想见你。"

他突然说出这种殷勤话，反倒让女人觉得讽刺。

"说什么梦话呢，真讨厌。实话告诉你，我就要赖在这儿不走，你也别想打着幌子糊弄我。反正我只是乡下渔夫的女儿，比不上东京优雅的小姐……"

"笨蛋，给我闭嘴！"

复一保持仰躺的姿势，一动不动地吼道。严厉的声音响彻水面，把女人吓了一跳。

"我讨厌满嘴酸话的女人。如果你跑来只是为了说这些，就给我滚回去。"

即使闭着眼睛，复一也能感受到女人因耻辱和嫉妒而浑身发抖。

秀江强忍呜咽，无声饮泣的气息意外迅速地平复下来，船的一头传来掬水的声响。复一假装不经意地瞥了她一眼，又立刻闭上双眼。月光下，女人正拿着手镜默默整理哭花的脸。复一的胸中斜掠过飞龙般的热流。但他想起了真佐子，于是，美丽朦胧的意识再次化作红霭吞没了他。秀江似乎改变了主意，把手搭上船舷，方才带刺的语气也换成撒娇的笑脸，柔声问：

"我可以去你船上吗？"

"嗯……"

复一突然觉得，每个人都悲伤且不如意。即使看似坐拥一切，也多少有所欠缺。没人能得到自己想要的全部，每个人都寂寞。

他对所有人，也对自己产生了深切的怜悯。

"名月夜，横渡湖水七小町"。[1]

这是芭蕉吟咏的句子吧。虽然记不太清了，复一还是一边念着，一边伸手揽住秀江的肩。秀江像软体动物一样，任由复一随心所欲地拉扯，摆出各种荒唐

---

1 文中为"名月や湖水を渡る七小町"，芭蕉的原句为"名月や湖水に浮ふ七小町"。前者为"横渡湖水"，后者为"漂浮湖面"。"名月"是阴历八月十五或九月十三的月亮。"小町"指日本平安时期的女歌人小野小町，传说是个绝代美人。"七小町"是取材于小町生平传说的七支谣曲，皆以"某某小町"命名。

的姿势。

复一不时会给真佐子寄信，信上只有三言两语。例如在印有湖区景色的明信片上写"我在这清水里洗衬衣"，或是在印有小岛的明信片上写"坐船去这座有名的小岛时，船费还差二钱，只好从房东那里借"，等等。

他每寄出三四次，真佐子就会回寄一次。信的内容也一次比一次难懂。

诸如"最近，邀请一位姓藤村的诗人朋友到我家，开始和她一起研究巴洛克时代的服饰""为了欣赏日本巴洛克时代的天才雕刻家左甚五郎制作的沉睡之猫，与藤村女士一同去了日光。那雕塑真是太可爱了"云云。

她终于彻底显露出了脱离现实的特质。

复一不懂什么是巴洛克时代，就到试验所的图书室查了百科辞典。原来在欧洲文艺复兴时期，人性主义逐渐从自然属性中剥离，唯有工艺实现了升华；这可悲的工艺在十七世纪绚烂盛放，形成一种人造花似的时代风格——这就是巴洛克。复一忽然想到金鱼，在他逐渐了解的金鱼史上，金鱼最初被输入日本、成为鉴赏物是在元和年间[1]，刚好与巴洛克时代重合。所以他觉得，金鱼也是巴洛克时代背景下的产物，总而言之，真佐子与金鱼确实存在某种扯不断的缘分。

事到如今，复一又把她当作不属于这个时代的偶像，从中觉出同情与轻蔑，并因此焦躁起来。他无比渴望击碎她的超然，诱她来到现实世界，让她与自己的肉欲经由血液结合。这熊熊燃烧的欲望多次出现，又稀里糊涂地结束，但每次死灰复燃，都给他带来新的力量，他当然不会任其停止。

"无论从生理上，还是从生活上，异性的肉体都值得赞许。如今，湖畔有位女士恭敬地对我献上了她的肉体。"

复一难以自控地以自己也嫌恶的口吻写着信。事实上，他和秀江刚交往没多久就中断了来往，眼下几乎毫无联络，他把这些夸张地写在信里，有种终于要跟真佐子正面交锋的兴奋感。他以为，真佐子一定会在回信中展露她的女性特质。即使她父亲得知此事后不再资助他也无所谓，比起研究金鱼，眼前更紧要的是试探真佐子。

---

1 元和，江户初期的年号，指 1615—1624 年这段时间。

"那位女士虽然不及你漂亮……"他这样写着，又苦笑着加上一句，"也不像你那样不通人情。"

复一渐渐在信中加大了刺激力道，每次都拼命渲染自己与秀江的关系，但真佐子的回信从未有过他想看的那种女性的肉欲，而是通篇充斥着金鱼……真佐子和父亲一样渐渐喜欢上金鱼，父亲的兴趣掺杂了生意上的功利心，她则是无私的迷恋与爱意。只要继续研究金鱼，无论复一做什么，与谁交往都没关系，诸如此类。当复一对她的情感受此扰乱，终于要失去耐性的时候，真佐子寄来这样一封信。

"你对我坦白了许多事，但我总是什么都不说，真是抱歉。我很快就要生孩子了。接着会结婚。虽然好像搞反了顺序，但怎样都好，我都没什么激情。"

看到这里，复一简直愣住了。说到底，这个女人生来就和自己不同，他还在地上按部就班，她已经在天上御风而行。

"结婚对象并非你认识的三位青年中的任何一人。是个更加淡然，外表也温和无害的人。我觉得这就够了。"

回想种种，复一再次意识到自己的心胸狭窄、精于算计都毫无意义。想到现代社会居然还有这种标准简单的女人，他反而从她身上感受到一种现代性。

"顺便一提，你也可以和那位小姐结婚。人啊，只要自己打算结婚，也会想劝别人结婚呢。不过金鱼的研究也不能松懈哦。希望你能培育出完美的品种，让人见之忘忧。不知道为什么，比起即将出世的孩子，我更期待你研究出的新品金鱼。另外，我终于说服父亲为你的金鱼研究投入更多资金。"

收到这封信没多久，鼎造也来信了。他在信中坦白告知了大恐慌以来，自家的财政状况，冷静表示舍弃部分资产后重整了家业，现已恢复不少；因为看好金鱼输出市场，打算全力支持金鱼饲养与贩卖。鼎造还说，你以后不再只是服务于我的兴趣，我希望你成为商会的技术人员，以事业为目标努力工作。当然，给你的汇款金额也会上涨，这不再是资助费，而是工资……

这一来，复一虽然前途有望，却又生出逆反心理，想着："崖上宅子里这些家伙真可恶，一老一少简直要吃定我了。"

复一没给真佐子回信，也没给鼎造回信，连金鱼的研究也暂且搁置，跑到京都漫无目的地逛了一个多月，归来时，心中已经想定：他是个悲壮而幸福的男人，是受到神秘命运召唤的无名英雄，他要豁出性命，付出毕生精力，创造出世上不存在的、珍贵的、美丽的新品种金鱼。到最后，他是否还是沦为了崖上宅邸那对父女的棋子呢？就算真是这样，也是因为他无法割舍真佐子的愿景，这种愿景把自己和她连在一起……话虽如此，那位脱离现实的美人被脱离现实的美鱼吸引，也真是奇妙而可悲。春日里，复一眺望着实验室窗外丝滑的湖水，不由得想起孩童时代，真佐子撒进他嘴里、贴在上颚深处的樱花瓣，忍不住用舌尖反复舔舐那个位置。

"真佐子，真佐子。"复一呼唤着她的名字，流下莫名伤感的眼泪。

复一的神经衰弱愈发严重，周遭还传出他行事诡异的流言。事实上，他总是深更半夜，独自留在研究室里津津有味地制作标本，那模样确实叫人毛骨悚然。周围万籁俱寂，室内昏暗无比，复一点了盏灯，在桌上一条一条解剖金鱼。纵向切割或切成圆片，把切碎的内脏弄得到处都是，或是用放大镜仔细观察，或是用小镊子翻转摆弄至深夜，那种全神贯注的忘我态度，就像夜行猛兽意外发现大量猎物，不立刻吃掉，反倒起兴地玩弄它们。任人宰割的金鱼脑袋在灯下明亮透明，红宝石般的眼睛大睁，嘴巴时开时闭。

复一成长于都市，受到刺激时，总能灵活地发挥聪明才智应对，但在金鱼遗传与生殖这种亟需毅力与耐力的专业上，却要比旁人多花一倍精力，才能集中注意力，忍受漫长的枯燥。如今，他已经脸颊消瘦、眼眶凹陷，每当感到筋疲力尽，就走到窗边，把手放在那排玻璃缸的某个盖子上。指尖明明冷如冰，积攒的兴奋却在周身窜个不停。取下盖子后，睁眼睡在小石头上的名品金鱼"三色琉金"在光照下苏醒过来，两条相邻的鱼开始悠扬起舞，时而结伴，时而分离。三色琉金的尾鳍是身长的三四倍，像条薄绸披肩或大摆裙，上面布满星状的黑色斑点，游动时总是遮住躯体，没多久，又像肥美的法兰西美人或端庄的天平[1]少女般，露出丰满的身躯、精致的唇与眉眼。

两三年前，O市曾有个水产共进会，这条名品金鱼在评选中获得了金牌，被捐赠给试验所，在百般呵护中长大。如今它已经七八岁了，刚过中年，气质沉稳，有种脱俗的魅力。

复一目不转睛地看了它一会儿，又盖上玻璃缸，

---

1 天平：日本的天平时代，是文化史上的时代划分。指710—794年。

回到自己的座位，不断模仿三色琉金扭动身体的姿势。有人问他在做什么，他就笑着说在做"金鱼运动"，还吹嘘说这有益健康。事实上，在模仿金鱼的时候，他的身心深处会涌出某种神秘的力量，但他绝不会告诉任何人。

总之，如果在深夜看到人和鱼按同样的节奏扭动身体，确实会瘆得慌。值夜班的勤杂人员见了，对他说："拜托别在我进来的时候做那些动作。我看得心里发毛。"

复一去了关西，在金鱼饲养地中有名的奈良、大阪考察。奈良县所辖的郡山曾是金鱼饲养业的胜地，当时这里还是小藩[1]，为了补贴贫穷藩士的家用，领主赐予他们饲养金鱼的特权，还制定了保护和奖励措施。

复一在这个油菜花田包围的清秀小城里住了一段时间，收获了许多可供参考的实地经验，其中最令他触动的是文献记录表明，当地金鱼饲养者在宝永[2]年间就培育出了新品种，此后也屡屡出现秀逸精品。另外，从人们在金鱼身上寄托的对理想之美的追求可以看出，

---

1 小藩：指江户时代领地小、俸禄低的藩。

2 宝永：年号，在元禄之后，正德之前。指 1704—1711 年。

当时的人几乎已经预料到后世会出现怎样的品种。复一意识到，现代金鱼距离完美越是遥远，越是体现了前人对金鱼缭乱之美的深切期待。世事变幻，人事更迭，金鱼这种观赏鱼却仅凭那点微弱的美历经种种变迁，想方设法地达成自我完善的目标。这么一想，就觉得不是人在创造金鱼，而是金鱼为了自身目的，利用人易被美丽事物蛊惑的脆弱本能，推动着计划的前进。金鱼是强大的——意识到这点，复一心中产生了征服欲，对金鱼的执念也日益加深。

复一整个夏天都在四处考察，回到湖畔宿舍刚过半月，关东大地震的消息传来。复一起初并未引起重视，后来才得知情况有些严重。虽然听说山手区影响不大，但东京受灾的惨况还是接连见报。复一发信询问，是否需要他回去一趟。

对方回复电报说"不致如此"，又过了十天左右，复一才安下心来。

鼎造频频发来金鱼方面的事务性命令与询问。

复一担心正值灾害时期，金鱼这种玩物对人没有吸引力，鼎造却说："根据前人的经验，旧幕[1]以来，

---

1 旧幕：明治维新以后对德川幕府的称呼。

凡灾难后，金鱼必定热卖。没什么比金鱼更能安慰那些火灾后流离失所、住在临时小屋里的人了。东京的金鱼从业者决心一同站稳脚跟，重振经营。"

复一怀疑这只是生意人擅长的夸夸其谈，多少有点疑心，但事实确如鼎造所言。金鱼的价格提高了两成，很快又提高两成，还有些供不应求。

下町地区的养鱼池虽然都在震灾中被毁，山手区的却完好无损。加上能从关西调配，金鱼本身的供给量还跟得上。但很多金鱼桶在灾害中被烧毁，对商家是个沉重的打击。手头还有桶的人将其分配给大家，又到处找人紧急生产。

因为要处理关西金鱼的运送及金鱼桶的订购事宜，复一不得不暂留关西。

在鼎造的召唤下，时隔四年，复一终于又回到东京。论文最终还是没写完。试验所的同期生做着简单的研究，都在半年前的秋天结束了课业，论文也顺利合格，拿着试验所颁发的结业证书奔赴事先定下的地方就职。复一原本也可以向鼎造申请推迟回东京的时间，努力一下，未必完不成论文，但他觉得那种凭证书证明的微小成绩，对如今的自己完全没有价值，所以心生轻蔑，只想早点回到池畔，用这双手创造出与真佐子相似的缭乱金鱼，哪怕只有一条，也能高奏凯歌。这才是他人生中仅存的希望。最开始，他决心创造世上从未有过的美丽品种，只是想实现真佐子的愿景。但随着时间的推移，他的心态也有了变化。他意识到自己终究得不到现实里的真佐子，作为补偿，就想创造出形同真佐子的美丽金鱼，这欲望反而逐渐取代了最初的想法。真佐子那缥缈不定的美，只有丰丽的金鱼才比得上。现在，复一的研究及成果对他越发重要，也成了他拼死追求的毕生目标。

一想到这里，哪怕筋疲力尽地倒在床上，他也无法在黑暗中闭上炯炯有神的双眼。

"真是笨蛋啊。如果你把研究写成论文，就能给全世界的金鱼研究者提供参考啊。"

教授非常遗憾，不悦地说道。复一告别了教授，申请中途退学，回到东京。他倒是没想过烧掉论文草稿或把它丢进湖里，也丧失了这种表演欲，只是略觉可惜地将其塞进包里带走。

地震后的第二年春天，东京的下町地区依然不景气，山手区倒是和以前没差。复一家位于洼地，因为出水口的位置有变，他用缠着棕绳的导水管解决了养鱼池的用水问题。

为了告知鼎造他已回来工作，复一登上山崖，拜访了崖上的宅邸。

鼎造对复一在关西的劳动表示了感谢，说："其实我还想趁着这股势头养些鲤鱼和鳗鱼，但让人试了试，效果并不好。同样是淡水鱼，想来跟金鱼差不多。不如交给你一起养吧。它们跟金鱼不同，可以食用，如果能成功，销路是不用发愁的。"

复一当然立刻拒绝了。

"不行啊。这简直像是让诗人去种田。请让我集中精力研究最高级的金鱼吧。如果可以，我会拼了命努力。"

"我既不需要妻子，也无意留下子孙。顺利创造出完美的金鱼新品种，就是我毕生的愿望。如果您后悔花钱供我读书，我只能说声抱歉。"

鼎造看着复一，感受到一种不可动摇的气势。他此刻已然改变主意，开始琢磨如何利用他的执着来赚钱了。

"有意思。那你就好好干吧。我不会催你，在你得出满意的成果之前，我会一直等着。"

鼎造也从自己的豪言壮语中获得了英雄般的快感，

心情十分舒畅，虽然他想跟复一吃个晚饭，但还有要事待办，就让女仆转告真佐子和女婿，替自己好好招待复一，然后独自出门了。

复一不知为何感到窒息，很快，待客室的门打开一半，羞怯的真佐子歪着上半身出现在门边。

"挺久没见了。"

她说着话，却不肯进来。渴求已久的人出现在眼前，复一似乎看一眼就已满足，于是情不自禁地发出安宁的叹息，心底涌起一阵孤寂，很想对她展颜一笑，却无法顺利做到。仿佛有种预感在警告他，一旦做了，就会立刻臣服于她的魅力，自己坚守至今的想法也会轻易蒸发。他倔强地捕捉到真佐子难得流露的怯懦，于是趁机彰显自己的强势与冷漠，像个操劳半生的长辈，用威严的口气说："请进。怎么不进来呢？"

她孩子气地把脸躲回门后，又重新正式地开门进来，仍然跟从前一样抬头挺胸，坐姿端正挺拔，缥缈不定的神情一如往昔，唇边笑意甜美如蜜，微垂的大眼睛笼着水汽，唯有眉毛描得颇具古风。复一的视线几乎快要向下触地，他感觉自己在气势上输给了真佐子，不得不退回那层寂寞孤独的壳里。

"好久不见，你瘦了不少呢。"

话是这么说，她并没有仔细观察复一。

"是啊，毕竟还是挺辛苦的。"

"是吗？不过俗话说，辛苦能治百病嘛。"

此后，话题一度转向地震，以及复一居住的湖畔琐事。

"金鱼，有培养出好的品种吗？"

对眼下情绪翻涌的复一来说，这个问题很难回答。他鼓起勇气进行反击：

"你丈夫怎么样？"

"没怎么样。"

她透过窗户看向主屋檐廊外茂密的树丛。

"他现在不在家。因为喜欢篮球，去了YMCA[1]，到了晚饭时间才会掐着点回来呢。"她说完笑了笑。

听来，她是把丈夫当成了小孩，但很难判断爱或不爱，这对复一无疑是痛苦的。他也没法进一步问孩子的事了。

"他这个人啊，就算介绍给你，你应该也不会感兴趣。"

确实。如果不能打碎这女人在自己眼中的偶像光

---

1 YMCA：基督教青年会。

环，就没那个必要。如果她丈夫只是这种程度的男人，复一反倒觉得安心。

"谢谢你了，时不时还送东西过来。"

"这是湖畔生产的陶器。"

复一放下纸包，站起身来。

"真是麻烦你了。不过你一回来，我也有了盼头。"

再次见到真佐子，却发现她已经如此平平无奇，复一有些沮丧，也不敢相信自己竟是为这样一个女人改变了一生的选择。下山时，走在天色渐暗的小径上，晚莺啼唱，棣棠花飘散一地。复一再次想起小时候真佐子撒向自己、贴在上颚深处的樱花瓣，不由得朝那里伸出舌尖。不管怎么说，自己还是爱她的。那份爱过于困惑地飘在空中，事到如今既不能露骨地抛给她，也很难继续封存在自己心中。果然只能用自己习惯的金鱼去创造一个她。复一低头看向遥远的洼地池塘，生出一种奇异的勇气。

复一用混凝土在洼地的家中庭院建了个研究室，面积不大，旁边还有新式的饲养池，完工后，心中颇感快慰。此后他与亲戚、友人都断绝了往来，足不出户，全心投入研究。同时对崖上宅子里的人委婉表示，在实验成功之前，尽量不要来找他。

"表面被埋没，实已深得精髓。"

复一产生了全情投入的感觉。通过自己的力量创造自己的恋人……那也是完美诞生于世的新星……这件事无人知晓。他沉醉在孤寂而狭隘的感慨中。他把在郡山古玩店发现的《神鱼华鬓图》裱进画框，挂在墙上，拉了张椅子坐在檐廊观赏。初夏的风轻抚他的脸颊，鼻尖嗅到绿叶挥发的气味。忽然，他想起湖畔试验所里那条生命过半的三色琉金，不知接手的人有没有好好照顾它。

"连那种老东西都没法舍弃，不可能完成创新的大业。"

接着，秀江的模样在他脑海浮现。

他故意想象三色琉金患了腐疽病，身体布满创伤、无法喘息，只能浮在水面发臭的模样。然后把它置换成秀江。这一来，体内有股热流从脊髓两侧上涌，不可遏制地冲向喉咙。他咬住嘴唇，将其阻隔在上颚附近。

"我不会有事的。"他自言自语道。

对金鱼交配来说，这个时节多少有些晚了，池子里的碱水状态也不理想，复一暂且打消了让鱼产卵的念头，转而开始研究亲鱼[1]。他遍访全东京的养鱼商和养鱼爱好者，相中了一些鱼，主人却不愿脱手。没办法，他只能口吐恶言，咒骂那些金鱼。

"复一这家伙讨厌死了！简直是个大田鳖！"

金鱼饲养者之间开始涌现这样的评价。大田鳖是抓捕金鱼、性情凶暴的害虫。哪怕遭到如此恶评，复一也想方设法弄来与那些鱼相近的品种。他认为，把三色琉金、秋锦这类已完成的品种与其他品种杂交，才能创作出理想的金鱼。

第二年花期到来时，象征交尾期来临的追星[2]以雄鱼的胸鳍为中心，睁开了春夜般水灵的眼睛。金鱼的"性欲"也让它们展现出异常的举动。雄鱼会像舰队般威风凛凛地列队游弋，像斗鸡般在电光石火间凶猛互啄。它们以奇特的姿态不断翻转，试图用水拂去周身火烧般的黏腻感。复一虽像个木头人被意志阻断了情欲，见此情形，也仿佛感受到世间的春情，时而难得地独自出门，晃悠到夜晚的六本木街区，时而在晚饭时多点一瓶啤酒。

为他张罗饭食的养母阿常开始催促他成家："我们

---

1 亲鱼：指发育至性成熟阶段，有繁殖能力的鱼。

2 追星：雄鱼在繁殖期内出现在鳃盖和鳍上的白色小突起。

已经不用忙生意了，你也赶紧娶个媳妇，让我们享享天伦之乐。"

"我老婆就是金鱼啊。"

复一打算趁醉糊弄过去，养母却说："那怎么行？说起来，你小时候明明没那么喜欢金鱼嘛。"

养父宗十郎最近受到日益壮大的复古趋势影响，想重新做回荻江节的师傅。他感叹道："一晃四十年过去了。"接着用拨子弹起三味线。

荻江节

都说松树不易，其实每个人，都是岩石根里的松树。哦——年纪尚轻的，啊——小松树。梅、桃、樱，开了多少花。繁花似锦的八瓣樱、单瓣樱……[1]

复一分不出歌声好坏，但隔着连翘花丛听到主屋传来悠长沙哑的嗓音，不禁联想到独自撑船于激流中的船夫，生出无限怜悯。

养父和从前一样，还养着成群的低级金鱼，养大

---

1 原文为口语调，故译作口语。

后卖给鼎造的商会，销路不必操心。但他也对复一发过牢骚："他们把价格压得太低了，真是外行人不识货。不过复一，既然鼎造那么器重你，你可得替我好好赚上一笔啊。"

此外，他还以复一代理人的身份，从鼎造那里要来大笔研究经费，心里痛快无比。

无论养父母说什么，复一都沉默不语，置若罔闻，自顾自地给鱼池换水，把分开饲养的雄鱼雌鱼轻轻放到一处，把大老远从湖上涌泉处采来的柳树须根消完毒、小心翼翼地捆好，沉入水中。

清早，天边沉淀着深蓝，小鸟身上沾满麦芽糖似的阳光，复一站在檐廊，一会儿伸手，一会儿用脸感受空气，终于说了句："很好，风停了。"

他把鱼池上遮阳的苇帘卷起一小块，等待着池里的动静。很快，三条雄鱼排成一列，海战突击般把一条雌鱼逼进柳树的须根丛。雌鱼拼命躲避，想要逃脱。它为什么这样呢？复一心想，是出于处女的羞耻心，还是生物本就重视性的独立，又或者这只是它诱惑雄鱼的手段？终于，雌鱼避无可避，在柳树须根里产下许多漂亮的珍珠卵，然后逃走了。雄鱼们亮出胜利的腹部，仿佛施行电击般，在一个个鱼卵上授精。

回过神时，复一正把手肘撑在膝盖上，拼命啃咬用力交握的指节，不断祈祷配种成功。无论是多么微小的生命，诞生的程序都不能草率。复一讨厌人类，对他而言，新生的物种越不像人类，就越让他产生亲密的震撼。更何况，这些惊惧的异种金鱼是为了满足复一的利己主义，才彼此协作地孕育新生命。对此，他怎么感谢也不为过。

为了休养生息，他把雄鱼和雌鱼分离开来，还煮了白肉喂给它们补充营养。虽是男人，复一瘦弱的身体里却涌出母性的慈爱。

可惜，这一年孵化的幼鱼都是些低劣品种，他的期待也落了空。

连续失败了两年，复一只好从头调整计划，这才意识到，他在最初选择亲鱼这步就错了。他心中理想的金鱼，必须拥有童女般稚纯的身体，还要有绚烂妩媚的颜色，所以只能以兰寿为原型。另一方面，真佐子年幼时也像兰寿。他久违地意识到真佐子对自己产生的诸多影响，虽悔不当初，又不禁怀念起那份痛苦。

但他很快重振精神，心想："就算接受真佐子的影响也无妨，如果能用朴素的兰寿培育出眼下的她这样美丽的金鱼，以此为亲鱼，产卵后孵化的幼鱼再产卵孵化，虽然耗时漫长，但最终得到的完美金鱼却是属于自己的胜利。"想到这里，复一强行点燃了斗志。想到近来的遭遇，他决定先忍耐一阵子。他从关西订购了兰寿的亲鱼，等待着次年春天的交配期。兰寿的躯体稚拙可爱，脸却狰狞如斗牛犬，如果要培育出漂亮标致的金鱼，必须先去掉那份狰狞。

复一很少靠近崖上的宅邸，也没怎么见过真佐子的丈夫。这人五官端正，颧骨很高，眼角神经质地上翘，是位充满男性魅力的俊美绅士。一个星期天早晨，他带着真佐子和女儿在罗马式茶亭里小坐，自己在旁翻看外文报纸。复一刚好在崖下山路的污水坑里找完金鱼食，正要下山，一抬头就看到了他们。他迅速别过脸，佯装不知地离开了。真佐子见状，莫名产生了歉疚感。

"没什么大不了的。你慌什么？"丈夫若无其事地说。

"我只是觉得，我们并肩坐在这里，从哪个方向都能看到吧。"真佐子平静地答。

"看到又怎么样，你害怕吗？"丈夫的话里似乎带了点讽刺。

"不是害怕，只是被洼地那家人看到不太好。那个人毕竟还是单身嘛。"

"你是说金鱼技师复一君么？"

"是啊。"

丈夫略显兴奋，轻蔑道："你是不是在想，当初和他结婚就好了？"

真佐子没接话，而是带着一脸惯常的缥缈神情说："我最喜欢漂亮的东西。如果丈夫不是美男子，我连饭都没法儿跟他一起吃。"

"真拿你没办法啊。"丈夫气也不是，笑也不是，说了句"算啦，不如去洗澡吧"，就抱着孩子进屋了。

真佐子独自留在罗马式茶亭里，若有所思地凝望惨淡冬阳之下的麻布台地。

"鲤鱼和鳗鱼的养殖不顺利，鼎造最近好像也够呛啊。如果养鱼场开始赔钱，损失可就不小了。"

鼎造当初随手就把养鱼场地址选在了山崖下的海湾河岸，现在无论怎么砌墙，涌出的水都会淹没墙顶。另一方面，静冈县养鱼业发达，离东京也近，运输非常方便，这也给鼎造的商会带来不小的压力。但说到底，今春席卷金融界那场前所未有的大恐慌才是最关键的痛点。花期快要结束时，业内开始实行延期赔付。据说鼎造合作的银行也已停业，没有重开的希望了。

"就连鼎造那张黑脸也扛不住了，还跑来问我，能不能缩减给你的研究经费。"

最终，复一的研究费缩减到从前的三分之一。宗十郎当着鼎造的面同意了此事，回到家讲给复一听时，却对鼎造的困窘颇感畅快。

复一充耳不闻，只顾着给关西送来的兰寿准备过冬事宜。他卷起池上厚厚的草席，微弱的阳光射入水中，兰寿动了动尾巴和短鳍，淡黑的体表反射出璀璨的金光，圆润肥满的体型虽不算美观，缓慢游动的样子却惹人怜爱。复一从它身上感受到活力，自己却只剩死灰般的空寂。意识到自己被一分为二，他又从中觉出些趣味，于是久违地笑出声来。宗十郎拍了拍他的背，说："你也太吓人了吧。笑得跟疯子一样，连我这天不怕地不怕的人，也被吓出一身冷汗咯。"

临近年末，真佐子的第二个女儿出生了。因为这个，复一年前都没见真佐子在崖上亭子里出现，直到梅花再次开放，她才重新露脸。生完第二胎的真佐子就像换了水的藻类植物，美得更加澄明绚烂。复一甚至觉得她越来越像研究室里那幅《神鱼华鬘图》。这天午后，真佐子与诗人藤村女史一同走到罗马式的小亭子里热烈交谈。瘦如枯骨的复一很想知道她们在聊什么，就在傍晚伴装寻找鱼饵登上山崖，蹲在路上的污水坑边。他虽不到三十岁，身形动作却显出老相。两位女性似乎在讨论某个从前聊过的话题，但在复一的位置很难听清。事实上，藤村女史与真佐子的交谈大致可以归纳如下……真佐子提议重新把室内装修成洛可可风格，藤村女史却不乐意地思考片刻，说："四五年前，你还迷恋巴洛克风格的时候，我就不太赞成，因为那种美过于人工。如今你又喜欢洛可可，人工美比之前更胜一筹。爱好这种美，离消亡就只差一步了哦。"

"但我也没办法啊。"

"真佐子，你真的很奇怪啊。"

"是嘛。记得你以前说过，我望着天空和云朵，会把它们想象成大海和小岛。我大概就是这样的人吧。"

复一悄悄下山，回到庭院，尽量低调地在入夜前返回研究室，靠在房里那把粗制滥造的椅子上闭目思考。他最近都没怎么见到真佐子。就算像今天这样，看到真佐子与友人或与丈夫孩子一起出现在那个亭子里，也听不清他们的对话。不过，虽然距离遥远，他也能感受到真佐子近来的气息，猜测她或许已经忘了曾拜托自己研究金鱼。真佐子的美越发脱离现实，仿佛就要化作轻烟消失，想到这里，绝望的哀愁不断涌上他的心头。

　　复一以兰寿为原型进行配种，花了三年才培育出大致成型的金鱼。此后年复一年，仍在反复经历失败。

　　"日暮途远。"

　　每当培育结果不理想时，复一都会这样告诉自己。但也只是说说而已，他心中并无感伤。只是觉得自己虽然活着，却日渐衰老，风化成白骨，心中生出了恐惧。所以哪怕距离遥远，哪怕无理取闹，也要望向真佐子，催生胸中的愤慨、嫉妒与怨恨，借此重燃斗志。

　　旧池子里囤积了相当数量的名品，都是复一配种失败的金鱼。因为他坚决不肯卖，宗十郎夫妇虽满口抱怨，也只好把它们丢进崖下的旧池子，用饵食养着。他们苦笑着称其为金鱼的"弃老[1]所"。

　　而后又过去十年，复一还是没能成功。山崖上下人事更迭，鼎造去世，真佐子的丈夫作为养子继承了

---

1 弃老：日文写作"姥捨"，把年迈的父母丢弃在深山里，让其自生自灭的行为。源于"姥捨山"的传说。

崖上的宅邸，并沿袭鼎造的方针，极力缩减生意规模。他坐拥真佐子这样的美妻，却染指哈巴狗模样的女仆，还把她当小妾养了起来。自从他接手家业，就中断了给复一的研究费，让复一落得孤立无援。

宗十郎死后，弟子数量极少的荻江节教室也摘下了招牌。

真佐子还跟从前一样，不时出现在罗马式亭子里。现实的变故让她养成了皱眉的习惯，那皱眉的模样却让她更添光彩。即将步入中年，她的美却愈发叫人挪不开眼。

昭和七年晚秋，京浜地区出现大暴风雨，东京市内平均每坪[1]的降雨量达三石一斗，洼地的大水渠也满得溢出水来，复一好不容易准备就绪的配种金鱼流失了大半。

昭和十年中秋同样有豪雨，每坪降雨量达一石三斗，这年的金鱼也几乎都被冲走。

出于这个缘故，往后每到秋天，复一就神经质地焦虑不已。气压稍有变低就情绪激动，夜里也辗转难眠。近来他一直失眠，不靠药物就无法入睡，眼下即

---

1 坪：土地或建筑物的面积单位。每坪约为 3.3 平方米。

将入秋，他只好增加用药量。

那一晚没有气压变低的预兆，雨是从半夜开始淅淅沥沥下起来的。只是因为入秋，复一就在被窝里担惊受怕地念叨着"要完了"，反复起身数次。等到意识终于模糊，身体也近乎麻痹。雨势变大虽令他惊讶，紧绷的神经却因药物作用而逐渐舒缓。滂沱雨声中，他仰躺在床，双手撑在两旁，保持想要起身的姿势，眼口半张地打起了鼾。等到药效减退，他终于坐起身时，天已经快亮了。

雨停了，云在空中快速流动。铅色的洼中天地，树木都像淋湿的雨伞，被压得收缩起来，白色水珠散漫地挂在树梢。濡湿的崖壁很黑，渗水的砂层上布满粗大的横纹。山崖边上的罗马式亭子仿佛冷峭的古城塞，在视野里退向远处，与周边环境格格不入。

七八个金鱼池静寂无声，水藻和灯芯草被狂风蹂躏得一片狼藉。除了水珠滴落的声响，听上去别无异常。拂晓的薄雾中，鲁钝无情的鸦叫声飘散在路边的屋顶。

大水渠水位上涨但未溢出，平日里的涓涓细流汇成一道充盈的河流，反倒让人松了口气。

"看来不会有什么大问题。"复一自言自语道。

保险起见，他还是把睡衣下摆缠在赤裸的后脚跟上，跟跄地走下坡道，前往养鱼池。

看到养鱼池的第一眼，他惊出一身冷汗，心脏受到触电般的冲击。

大水渠渗出的水从小路中间的土层流出，悄无声息地冲走了池上的草席，把金属网扯开一个大口子。流进池里的水势触底反弹，向四方坠落，鱼池成了天然的泉眼，池水溢出后迅速流走。

仔细一看，池底只剩了些小石子和被搅碎的水藻根，哪里还有金鱼的踪影。

复一勃然大怒，把池面仅剩的金属网一脚踢飞。下一秒，他赤脚在红土地上打了滑，整个人摔倒在地。瀑布般的流水冲下已成坡道的小路，轻易就把瘦得皮包骨的复一冲到崖下的旧池子旁。复一终于在那片腐叶土的泥泞中险险站住脚跟。

为了培育梦想的新品种，需要无数次的努力配种，年复一年，他已陷入前途惨淡的境地。明明已经狼狈至此，却又失去了池里的亲鱼。这一来，十四年苦心悉数化作泡影，鸡飞蛋打，一无所获。复一只觉筋疲力尽，颓然倒在洞窟般漆黑深沉的旧池畔，短暂地失去了意识。

醒来时，天地已变成明亮的蔷薇色，洼地里的万物焕发出勃勃生气。空中薄膜似的云层开始飘散，仿佛即将露出辉耀的苍穹。

多么新鲜浓烈的草木气息啊。绿色、红褐色、橙色、黄色，茂密的叶片把强烈的情绪藏进膨胀的身躯，充满生命力地喘息着。丛生的杂草抖落一地露珠，像挺立的乳房，堆出浑圆的草袋形状。

耳中传来四面八方的声响，尤以潺潺水声最为清晰。临时形成的小溪哗哗流淌，让眼前的自然景色充满律动，又把静静聆听的复一带入无限广袤的空间，犹如行旅白云之上。

所有阴影都收归于深深的琉璃色，一切明亮都汇聚成朦胧的琥珀色，接着，路边瓦屋顶的一角突然变得灼热，紫白色的光芒里抛出一道闪光的纽带，落向洼地里凝望它的人。

初秋的太阳升起来了，澄澈得好似镜面。小鸟热闹地飞来飞去，像在衔针缝补这片空间。

复一因极度紧张而引发脑贫血，一度失去意识，又重新醒来。此刻复一变成一具透明的观照体，脑中空无一物，只是如实反映着自然的美丽，陷入恍惚状态。

七个泛青的金鱼池歪歪扭扭，在他眼里俨然成了太古巨兽的足迹、大地上美丽的斑点。当太阳投射其中，他渐渐恢复神志，旧池子又变成从未见过的古洞。

那里装的都是他实验失败又不愿放手的名品金鱼，十余年来自生自灭，承宗十郎夫妇之情得以活命，夫妇俩死后再也无人问津，可怜的金鱼们就在水藻与水绵里苟延残喘。复一几乎从不靠近这里，这些残次品总是让他想起自己的失败。有时，他甚至觉得盖着旧草席的池塘上方笼罩着生命被封印的怨念，但最终还是把这归结于神经衰弱产生的妄想。

如今，暴风掀开了旧草席，阳光照入池里，时隔多年，他又清楚地看向这些旧池子。在感动涌现之前，他突然严肃地望着池面，深深吸了口气。看啊，池水因水绵而深沉，池中央缭乱的金鱼鳍比白纱更薄，数十条纹路彼此缠绕，轻柔荡漾。荡漾着飘远又张开。它的体积差不多是两手大拇指与食指围成一圈的白牡丹大小。那是一条金鱼。白纱般的鳍上带着深紫、朱红、淡紫、淡青的斑点，还有墨色、古金色的斑点似万花筒夹杂其间，重叠出绚烂、繁复、娇艳、华丽的色彩。它那优雅贤淑、沉静脱俗的游弋姿态透着股神秘的律动，仿佛有人在无限遥远的地方操纵一般，摇曳着舒展，再摇曳着舒展。复一胸口满涨，简直想在树根、岩石上摩擦皱巴巴的身体，源于现实与非现实间的肉欲冲击让他难以承受。

"这就是我十多年来苦心经营、久久憧憬却没能成功培育出的理想金鱼啊。那些被我当作残次品丢掉，从未分心照管的金鱼里，究竟是哪条和哪条在什么时候如何交配，才孵化出了这条金鱼呢？"

　　复一不断自问，却得不到答案。肉欲终于被更强大的魅力压制、吸收、释放。最后，他在寂静通透的充实感里动弹不得。

　　"有心谋求终是无果，无意索取反得所求，人生还真是奇妙啊。"当这个念头从复一心底闪过，一度沉入水里的美丽金鱼再次浮出水面，展露着簇生的尾鳍游向复一。它的嘴巴像个小球，圆溜溜的眼里住着星光。

　　"啊，不像真佐子，也不像《神鱼华鬘图》……是比它们更加……比它们更加美丽的金鱼啊，金鱼。"

　　是失望吗，还是无上的喜悦？复一感动得无以复加，终于疲惫地跌坐在池畔的泥泞里。他长久地坐着，呼吸困难，双目紧闭。身前的水池里，他偶然发现的那条美丽金鱼正如一颗新星，在众多半成品金鱼的簇拥下，悠扬地挺起胸腔，摆动着华丽的尾鳍，在阳光下缭乱地游弋。

　　　　　　　　　　　　　　　　（昭和十二年十月）

河

她的耳畔有条河在流淌
泛着纯真的齿白色涟漪
在她耳畔不断地流淌

她的耳畔有条河在流淌，泛着纯真的齿白色涟漪，在她耳畔不断地流淌。某个夜晚，星光映出白梅的形状，而后坠入水波，翻搅悲伤的月色。某个夜晚，淡月挂在天边，忧郁的青白色石头在河底若隐若现。

　　早上的河流萧条，带有梦醒的颜色，顶着寒冷的冬风艰辛跋涉，发出少女哭泣的声响。不知何处有苇莺扑棱翅膀。波浪竖起耳朵去听，水流随之放慢脚步。猎人的枪声响起。原来近旁是鸟类栖息的森林。

　　白天的河流有些困倦，声音透出疲惫与娇态。铅色的水中漂着河藻，仿佛伸手就能触到温热的水流。黄昏如果下起阵雨，沮丧的河流会发出冰粒滚落竹叶的寂寞音调。如果要问这河流的基调，它爽朗而坦诚，从不乖僻、凝滞、焦灼，自始至终伴随她的生命流淌，在她耳畔回响。女人对河流的无尽憧憬、思慕与追忆，也化作一条超现实的河流，在她耳畔奔涌。

在这条美丽澄澈的河畔，女人长大，成了青葱少女。她不懂地理，也不知道河流的源头是甲斐还是秩父，只认定水源处生产水晶，河水就是从白水晶、紫水晶里渗出来的。她想象着这样的场景：春天，那座水晶山上有无数单瓣樱花纷飞飘落，河水上涨，两岸盛开的樱花瓣把整片水域都染成淡淡的红色，让浅滩上的白浪更显突兀，任其卷起细碎的波涛。撑筏人一挥青竹篙，溅起的水花就像细雪般散落、流走，竹筏踏着这条水路前行，宛如一匹吐着泡泡奔腾的白马。漂流的筏板与河水几乎融为一体，筏夫[1]就像魔术师，赤着脚踏水奔跑。他唱着轻缓的山歌，哀伤的曲调响彻娴静的河面，与敏捷的行船速度相得益彰，又格格不入。

某个初夏的傍晚，已至妙龄的女人开始渴望河神的到来，盼他能用闪着寒光的刀刃割开自己的处女身。在白色野蔷薇花盛开的河岸某处，夜色中绵延的微白花丛就像珍珠铺就的床铺，闪烁着冰冷的光泽，露珠饱含芬芳，等待着她的到来。少女开始有了性欲。性

---

1 筏夫：以放筏为生，或是乘筏将木材运送至河流下游的人。

欲的敏感——对一切执拗、堆积、摇曳、拥有阴影的事物心生眷恋，同时也饱尝烦恼与焦躁。虽是少女，却也大着胆子在黄昏时逃离深闺，来到河边，融入暮色，横卧在河畔冷冽的野蔷薇床上。隔着薄薄的夏季浴衣，蔷薇刺带来的温柔疼痛化作适度的刺激，扎向少女炽热的躯体。她躺卧其中，渐渐习惯了涌入鼻尖的花香。五分钟过去，十分钟过去，女人已经完全适应了这种感觉。哽咽般微弱的激情平复，代之以闲适的安心感。她扭着身子，把带来的薄杂志随意垫在花床上，曲起手肘，像张开的贝壳般托住脸颊，看向河流。迷人的河面上，白波在细细啃食夜色。女人认为那是河神的白齿，心中涌起无限眷恋。她渴望河神来撕裂她的身体，因为人类进入彼此的身体、互相逗弄的愉悦让她感到沉重、肮脏与羞耻。她偷跑出的家中有两对夫妇和十多个孩子在堆积、摇曳，她也是其中之一。近来，这件事给她带来的阴影般的羞耻在独处时尤为清晰。少女因为有了性欲，反倒对现实男女间的性欲生出嫌恶。不知从何时起，她幻想着，比起邂逅世间某个真实的男人，不如先让清冽的河神挥动白刃，把这具身体里磨人的性欲斩得一干二净。

"小姐。"

男人的声音传来。是直助。青草覆盖的河岸上，年轻人规矩的脚步声由远及近。

如果他再喊一次，就回应他吧。一定是家里人让他找来的。

"小姐。"

直助的呼唤渐渐脱离奉命前来的义务，带上他自身的热情。女人也是最近才意识到，直助喜欢自己。但她并不打算深入考虑。只要身边有个可信的人保护，能从他身上得到安全的善意就够了。或许是生理基因作祟，近来，她十分厌恶人与人之间的爱恋与热情。

女人生在地主家庭，从她十一岁开始，直助已经在她家当了六年学徒，整理土地账簿。如今，他二十二岁了，作为老实的农家之子，他小学毕业没多久，就从三里外的乡村，来到都市近郊的女人家帮佣。直助是个朴素的美男子，没有文雅的书生气，也穿不惯条纹和服，总是套在身上那件纯色木棉窄袖和服是他母亲悉心缝制、从老家捎来的。

直助暗自倾慕着女人，每天一言不发地接送她往返城中女校，早上离开家中，走过人烟稀少的小路，送她到这条河边，傍晚又来这里接她。虽然到了适婚年龄，他却从不轻佻地哼歌，不参加讨厌的教会，夜里也不跟附近的年轻人鬼混。他读着不知何处得来的西行《山家集》[1]、三木露风[2]诗集，还从她哥哥那儿借来《八犬传》[3]、安徒生的《月亮看见了》等翻看。山里工作繁忙时，他就回去跟男人们一起干活。话虽如此，直助不像乡下人那么黑，也不像城里人那么苍白虚弱，非要形容的话，他的头发又黑又密，皮肤亮白健康。因为常在山间干活，还浸染了新鲜的山野气息。

"我最近在读希腊神话。那本书里写了河神的故事。（女人翻着书页）古人相信，河神拥有变身的能力，住在河底或水源附近的洞窟里，随着河流的长短宽窄，化身为儿童、青年或老人。他从小溪蜿蜒而出，流过平原就化为龙蛇，遇上怒吼的急湍激流又会呈现公牛之貌……书里还写了好多有趣的比喻……"

直助冷不防地开口："跟我小时候想的差不多呢。"

"你当时想了些什么呀？"

"我那时以为河流是有生命的。虽然那条河比这

---

1 西行（1118—1190），平安末至镰仓初期的歌僧，俗名佐藤义清，西行为号。《山家集》是西行所作的和歌集，共三卷，约1560首。

2 三木露风（1889—1964），诗人，本名三木操。与北原白秋一同开辟了日本诗歌的"白露时代"。擅长在法国象征派诗歌里加入东洋特有的冥想性诗情。晚年创作中显示出宗教倾向。

3《八犬传》：全名为《南总里见八犬传》，江户时代最具代表性的读本。作者为曲亭马琴。

里窄得多，但水面很平，很有活力。因为我母亲性子温和，很容易伤感，每当我和朋友吵架觉得委屈，买不起想买的东西，或是遇到伤心难过的事都不敢告诉她，只能透过卧室纸拉门的破洞，对着河水倾诉。那时我觉得河流虽然是水，却有着神明或人类的心，能明白我所有的情绪。母亲见我那样，以为我是看筏夫看得入了迷，还常对我说，真要那么喜欢，以后就做筏夫吧。"

"是啊。那你为什么没去当筏夫？做个肌肉发达的筏夫也很厉害啊。"

"哈，话是这么说，但筏夫总是要入海的。我想到这个就烦。"

"海？你讨厌海吗？"

"哈，感觉大海太刺眼了。"

直助这样的年轻人，或许是觉得大海的生命力太过沉重了吧。但他被希腊神话勾起兴趣，说出这么多话来，着实叫女人感到不可思议，因此，河流在她心里也愈发神秘。

"你现在对这条河有什么感觉呢？"

"和小姐在一起，河流与小姐的感觉就混在一起了，很难说清楚。小姐觉得呢？"

"怎么说呢？我眼下觉得，它应该是位姿态优雅的老人吧。"

"你也看看这个吧。"女人说着，把那本希腊神话递给直助。

女人的食欲并不好。或许是青春的业报，她无法咽下煮熟的食物，一闻到气味就冒火。熟食总让她联想到中年男女的性能力。

尚未成熟的果实、盐味煎饼、干海苔片、不含牛奶成分的糖果——她对食物的喜好越来越偏颇，会在没人看见的地方剥下河畔柳树新枝的皮，啃咬那带有"自然"肌理的白木。唯有树干渗出的青色汁液的气味，能让她在片刻间恢复人的心境。或许是摄取的营养不够，女人的视力渐渐变弱，映在她眼里的河也愈发缥缈。

河神的衣裳！成百上千缕摇晃的阳炎[1]聚合又流散，如同花体字画[2]风格的褶皱，在空中消失又出现，出现又消失。仅在刹那间随风飘荡。

只能看见衣裳，看不见河神的容貌。女人焦躁地寻找，不知不觉，眼底透出疲惫，整个人也像丢了魂。

---

1 阳炎：晃动的气流，因空气密度不均发生的大气折射现象。

2 日文写作"葦手绘"，大和绘的一种，流行于中世的装饰性绘画。在画中加入花体文字，或用花体文字与绘画一起来表现和歌。

唯有优美的情绪鼓动着心脏。

"我们家大女儿身体越来越差，这可怎么办哪？"

"她本身体格不错，只要肯吃东西就没有大碍，但……"

"不如让直助去找些美味的河鱼吧。"

听了女人父母的话，跪在廊下的直助诡异地笑了。女人在父母身后瞥见这一幕，不由得打了个激灵。难道直助心里也住着魔鬼吗？刚才他眼里冒出的精光可不是开玩笑的。简直像年轻的原住民上阵抓捕女人时的画面，只是消去了吼叫声，只剩表情。直助会不会找来有魔力的食物，以此为诱饵，把我变成他的俘虏呢？

"没必要让直助去吧。"女人说。没等她父亲答话，直助倒先开了口："没关系，我去找。"

"有新鲜的江团吗？"

"有新鲜的石斑鱼吗？"

"有新鲜的红点鲑吗？"

"有新鲜的川鲨吗？"

直助提着鱼笼在河流上下游奔走，四处求购河鱼。河流上游的樱花开了，河流下游的绿叶发芽了，这类消息也被他当作回报时的伴手礼。说完这些，他会向主人展示装鱼的笼子，然后到女仆所在的大厨房亲手料理自己买回的鱼，抽掉鱼刺，涂抹酱汁烧烤。

"鱼做好了，小姐请用。"

直助跪坐在送餐女仆身后稍远的地方，对女人行了个礼。

即使是受父亲之托，这个仆人也未免太过热情了。女人见过直助对父亲说要为她找食物时的模样，那异样的眼神，加上这热切的态度，让她感到十分别扭。

"我明明说了不想吃啊，直助。这些鱼臭烘烘的。"

"就算看看也……"

直助的欲言又止里，藏着某种类似哀怨的情绪。

这些河鱼只有小拇指大小，十分可爱。周身晕染着深深浅浅的蓝，其上如细雕般缀满纤弱的鳞片，银色腹部又透出淡淡的红。就像人会对刚出生的婴儿手掌产生怜爱，女人出于本能，对小巧可爱的东西涌出母性之爱，这情感绕过她青春期的反叛，化作食欲推她向前。清淡细腻的滋味敲开了女人偏执的味觉大门。她咀嚼切碎的溪菜，从酱油的煳味里觉出清爽，连串鱼的青竹签也很好闻。

"直助，你明明是个男人，怎么这么会做菜啊？"

"在河边长大的人，都会从河里学到必要的东西。"

直助的回答很有乡下人的特色。但女人的话却很扫兴："我倒也没觉得有多好吃……不过……"

女人病态地忧惧自己的灵魂被孤立，无论被谁、用什么方法。

"不过，我还是想谢谢你。就送一反[1]合适的和服料子给你母亲吧。你要帮我转交哦。"

直助低头想了片刻，缓缓吐出一口气。

"您的话太高深了，我听不懂，如果是送给家母的，我就承蒙好意收下了。"

直助默默收拾了女人吃完鱼的莺绿色餐盘，兀自离去。望着他的背影，女人努力抑制心中的怜悯。直助每天出门寻找河鱼，身上那件母亲做的深蓝色无纹棉和服的肩部，也被阳光晒得有些褪色。

香鱼的季节来临。

河流沿岸的山坡上开满杜鹃，吊钟花和灌木也长出花一样的新叶。常盘树林里黑如浓墨的树影间伸出又高又长的梅枝，姜黄色的"头发"被风吹乱。无垠的青麦像灼灼火焰在地里摇晃。

"那个叫梵·高的画家痴迷太阳这点虽然讨厌，但

---

1 反：布帛等的丈量单位。一反布料长约 12 米，宽约 35 厘米，通常可做一套和服。

这五月的田野确实让人忍不住爱上他呀[1]。"

年轻的画家如是说。他最近总是从东京来这里玩耍，是个长相漂亮、招人喜欢，颇具装饰美的青年，叫人想起洛可可风格的陶器花纹。他那堆满褶皱的天鹅绒上衣，与细长的天鹅绒领带十分相称。

他首先获得了女人母亲的认可。母亲说："如果能让这个无忧无虑的青年多陪陪女儿，她的病也会很快好起来吧。"

父亲和兄长也很赞同。年轻画家如此脱俗，丝毫没有现实中的都市青年身上那种危险的气息。

美貌的直助很快就对美貌的客人心生好感。每当年轻画家来访，直助都开心地帮忙招待。如果女人和画家一起出门，直助目送他们离去，会笑得更加开心。

"从对面山坡那座异人馆[2]后院朝这个方向眺望，能把相模的群山与富士山尽收眼底。"

他们偶尔也会邀请直助一起出门，但直助怎么也不肯同行。他坚持河流才是自己职责所在，固执地拒绝道："不必，我还是去找些晚饭要吃的鱼吧。"

从异人馆所在的山崖向下看，白天的河流十分热

---

1 梵·高画过许多幅麦田。

2 异人馆：明治时代来日的西洋人居住的房子，也指西洋风的房屋或商厦。

闹。河畔的沙地上有一排挂着苇帘的房屋，那是人们休闲娱乐的茶屋。屋前的灯笼很像捕捞香鱼的渔船上晃悠的红灯笼，又长又扁的渔船敲着鼓在河流上下游往返。渔夫们身手矫捷，鸬鹚似的潜入杨柳与月见草丛中捕鱼，很快，直助深蓝色的身影出现在青草河畔。他问渔夫："有没有新鲜的香鱼啊，可以整条煎来吃的？"

天气时阴时晴，给河滩与水流镀上一层金色。

或许是没找到想买的香鱼，直助渡过浅滩，背影消失在无人的河上游，混入滨面的鸟影之中。"世上是否存在这样的情感关系？就像两个素烧壶并排在一起。"画家说。

"芭蕉曾写过'鸣鸟啼逝春，鱼儿眼中泪'[1]的俳句，恍惚让人生出一种超越自身的悲愁呢。"

女人和画家都不自觉地被直助感染，自说自话地袒露内心的奇妙世界，一边聊天，一边走下山坡。女人脚步轻快，可见确实健康了许多。

女人十八岁从女校毕业，又在同年秋天嫁给那个东京来的开朗画家，成了他的妻子。

---

1 原句为"逝く春や鳥啼き魚は目に涙"，以鸟鸣、鱼泪感叹春日已逝的愁绪。

经过半年多的交往，年轻画家被女人身上那种罕见的哀愁所吸引，说想把它永远留在身边，定型为一种"严肃的存在"。他家中三代都生长在大都市，是个兴趣多变的贵公子，无论什么爱好，都会迅速汽化为淡淡的香水。他想，如果女人也住进自己家，家里那些鲜活的陶器偶人，跟她的忧郁一定很相称。

女人的兄长说："这能叫爱吗？"

父亲沉默不语。

母亲则聪慧地说："这孩子啊，只有遇到愿意使出浑身解数安抚她、哄她开心的人，心里那颗生命的种子才会发芽。如果手段粗暴，反而会弄巧成拙地拧掉那棵嫩芽。我觉得那个画家很适合她。"

父亲抱着胳膊睁开了眼。

"很好，很好，叫直助过来。为了方便接亲的车子通过，就在河上架一座临时的小桥吧。"

直助每天忙着监督工人搭建小桥。秋天快要结束时，浅滩上几乎干涸。河上的红叶顺水漂来，堵在河边石笼[1]的网眼里，在岸边越堆越厚，日渐枯败。

---

1 石笼：日文写作"蛇籠"，装满碎石的圆筒形大网眼笼子，用于保护河堤及控制水流等。

远处山脉的褶皱在清澈的河水里投下鲜明的影子。正值香鱼顺流而下产卵的季节，河水流经四处放置的鱼笼，发出泠泠的响声。

　　为了把梳惯的西式发型改为岛田髻，女人不得不烫直头发。她一直窝在房里，看不见河，也看不见人，只跟直助隔着纸拉门说过一次话。

　　"河流怎么样？"

　　"最近变瘦了。"

　　直助的语气毫无波澜，已经完全恢复到仆人听令时的无表情状态。他像是突然想起似的，从房里取来那本希腊神话，轻轻拉开纸门，把书还给了她。

　　女人出嫁半个月后，某天夜里，直助坠河而死。当地人似乎坚信他是不小心掉进河里淹死的。女人也是这么想。但二十多年后的昨天，她偶然从直助归还的希腊神话中发现一首类似诗的东西，纸片因蒙尘而泛黄腐朽。看了那首诗，她蓦地产生怀疑：直助原来是投河而死的吗？

　　　　小姐走过一次，

　　　　就再也不会走回来的桥。

　　　　我送她时走过一次，

· 216 ·

就再也不会踏足的，桥。

如今，我正在搭建它。

"不如哪天发场大水吧，"我想着，

"把那桥冲走就好了。"

但，河神说：

"与其冲走那桥，不如冲走你自己。"

原来如此，原来如此。

河流是坟墓啊。

那一晚，女人时隔多年又梦见了河流。

梦里是一片略微起伏的广阔雪原。那是个雪停后的阴天，很快又要下雪。阴沉的天空覆在头顶，与沉重辽阔的雪原面积相当。阴郁的空中布满灰斑。雪白原野上也有大块铅灰色的影子。

一望无际的广阔雪原，正中央有一条细小的河流。走近一看，却是条大河。因为雪原面积太大，才把河流衬得细小。不知何时，我步履蹒跚地走在河岸旁，变成男性猎人的模样。星星点点的芦苇在河岸投下影子，它是雪原上唯一的植物。我一面攀折芦苇，一面背着猎枪前行——然而这猎人不是我，是直助。此刻的我，究竟以什么形式存在于雪原的哪个角落呢？不得而知。我渐渐感觉不到自己的身体、自己所处的位置，只见猎人模样的直助弯着腰、步履沉重地走着——但，我眼中还出现了别的事物。靠近河岸的地方，有只木筏随着直助的速度在流动。我意识到，木筏来自秩父的深山。剥净树皮的枫树或榉木被截成标准的长方形，表面浮现淡淡的处女色，底部是两块连缀的木板，冷得如同死去。

早上醒来时，女人在心中低语："直助啊，你死去已久。昨晚却又出现在我梦中，一身猎人装束，沿着河流不停向前走，你要走去哪里呢？你还在寻找些什么呢？"

原来河流也并非坟墓吗？

有些男女只能在河畔相逢。

她的耳畔有条河在流淌，泛着纯真的齿白色涟漪……

她仍在不断探寻这条河的意义。

（昭和十二年五月）

あきのよ がたり

秋夜綺譚

傍晚时分狂躁的风
早已平息，四下静寂
草木气息尚未在风中弥散
月亮挂在夜晚的山头
散发出适宜的光辉

一对中年夫妻带着二十岁上下的儿女出门旅行。

旅程刚好进行到一半，一行人在湖畔的街道找了家安静的旅馆投宿。他们的家在距该国首都一百五十里的乡村，此地刚好位于首都与乡村之间。

作者会把这个国家设定为日本还是外国，把时间设定为现在还是过去呢？其实无论在日本还是外国，现在还是过去都行。作者想把故事的内涵与真意交由读者决定。但对阅读本文的插画家，就只能说声抱歉了，因为这故事无法告诉你主人公的眼睛是黑是蓝，头发是直是卷。所以不一定要画成具体的人物，以草木鸟兽或花朵的形式呈现读后感也无妨。话虽如此，就算我不对画家朋友指指点点，他们也有自己的专业考量，定然能妥当呈现故事的概要或内涵。那我就不再多虑，开始讲故事了[1]。

时值秋天。傍晚时分狂躁的风早已平息，四下静寂，草木气息尚未在风中弥散，月亮挂在夜晚的山头，散发出适宜的光辉。虽然透过旅馆的窗户只能望见湖水一角，但那小片水域澄澈爽朗，很容易让人联想整片湖泊的明净广阔。湖水倒映在一家四口眼里，衬得他们健康又清丽。此刻，侍者刚刚撤下晚餐盘，盘里是用湖里捕捞的鲜鱼做成的美味料理。接下来上桌的是一大碗无花果肉和香浓的煎茶。无花果是从附近山上采摘的，熟透的果肉鼓鼓囊囊，几欲撑破鲜艳的外皮。

"孩子他爸，今晚该把我们的故事告诉孩子们了吧。"

"啊，说得没错。"父亲答道。

"是啊，老妈。我们四五年前就约好了。"

"你们好像答应过，等我们二十岁左右就说。"二十岁的儿子、十九岁的女儿说。

"先多吃点无花果，这茶也很香呢，等月亮半落到山后就开始吧。"

父亲淡淡地说。先提起这事的母亲期待又羞怯，脸

---

1 本文或改编自日本平安末期的《换性物语》（とりかへばや物语）。该书讲述了权大纳言把自己的两个孩子交换性别养育成人，由此闹出各种事端，最后收获圆满结局的故事。

也有些发红。女儿望着她，觉得母亲真是漂亮又可爱。

其实，这家人生活的乡村并非这对夫妻真正的家乡。今夜他们在这湖畔疗养胜地放松之后，明天就要前往首都[1]，那里才是他们的家乡。

出生在首都的人跑到一百五十里开外的遥远乡村，成为那里的居民，生下子女，融入当地生活，倒也不算稀罕。但这对父母之所以这么做，确实有不同寻常的原因。

懂的人自然懂。虽然想这么说，但村子与首都好歹相隔一百五十里，他们也无比自然地融入了当地，所以现实中别说有人怀疑，就连他们自己也几乎忘了从前的生活。住在乡下这些年，他们回忆起往昔岁月，也带着点事不关己的心情。

四十多年前，这对夫妻出生于首都的某条街上，两人的母亲是很好的朋友，也都在怀孕时成了寡妇。彼时国家正逢一场大规模战争，成年男性大多被派往前线作战，她们的丈夫也在其中，很快都战死了。两个未亡人关系越来越好，彼此依赖，相互鼓励，所有

---

1 原文为"都"，可译作首都或都城。因为前文说这个故事不限于古今某个特定的时间，因此两种翻译皆可，但在中文里会产生不同的时空感受，故以注释说明。

事务都一起商量决定，日子就这样一天天过去。

她们商商量量地做了许多决定，其中，有件堪称"事件"的奇特之事，那就是：生下这位父亲的母亲，要把儿子当女人养，生下这位母亲的母亲，要把女儿当男人养。虽然人们常把"生了个玉雕似的孩子"挂嘴边，但实际上，刚生下来的婴儿红彤彤、皱巴巴，乍看根本分不清男女。先后出生的两个婴儿究竟哪个是男、哪个是女，趁着周围知情人还少，两位母亲很快离开先前住的地方，搬去另一个街区，此后也常常为了生活方便不时搬家。

虽然不知道中间发生过什么，但自打两人记事起，他们的举止与生活就与两位母亲的计划一致——也就是说，这位父亲像女人，这位母亲像男人。邻居们并不觉得奇怪，理所当然地把父亲当女孩，把母亲当男孩。两人的母亲都是优雅持重的女性，自然也很重视孩子的教养，他们小时候虽然也会像寻常孩子那样玩闹、恶作剧，却从没暴露过身体。就这样，伴随孩子们的成长，两位母亲的搬家地点越来越靠近，彼此的生活也越来越亲密。不过，在她们把女孩当男孩、把男孩当女孩养育的过程中，这件惊世骇俗的事竟然毫不困难地成功了，她们并不觉得奇特，也从不自鸣得意，无论人前人后都不曾谈起，随着时间的流逝，甚至慢慢忘了这件事。

不过，无法抗拒的现实终于还是来了。很快，被当成男孩养的女孩身上出现了女人的标志[1]。母亲这才开始慌张，连忙跑去找男孩的母亲商量。接着，她们向两个孩子坦白了事情的来龙去脉。但究竟为什么这样做，为什么要把女孩当男孩养、把男孩当女孩养——她们却没说。不知道母亲们是故意，还是觉得无所谓，孩子们也浑浑噩噩，没有质疑……世上有对区区小事执念深重、刨根问底的人，也有对重要大事毫不在意、就此略过的人。从这个角度来看，两对亲子应该属于后者，但还有一种解释：长久以来，他们早已习惯了这种现实中的错误，所以当母亲们事不关己、轻松谈起这件重要的事时，孩子们也就觉得这不是什么大事。

看到这里，读者或许该质问作者了，为什么要让两位母亲采取这种养育方式呢？身为作者，我也很苦恼该如何解释。也许并没有什么理由，只不过女性间的亲密，偶尔会掺杂某种深不可测的神秘属性，这样一想，哪怕是极尽无聊的迷信，大概也能成为权威的

---

[1] 指月经。

理由，催动她们作出决定。

总而言之，长期养成的习惯是很微妙的，两位母亲对孩子们坦白的事实，也只是那个当下，四人之间的现实。此后，他们又毫无芥蒂地恢复如初，继续从前的习惯，女儿作为男孩生活，儿子作为女孩生活。他们自己都是这样，更别提周围的人，当然是按见到的模样来判断男女性别。

"老爸在做女孩的时期，是个什么样的女孩呢？"妹妹先一步对父亲提问，略显沉稳的哥哥则一直沉默不语、若有所思。父亲还没开口，母亲就抢先答话。

"当然是个漂亮、娴静又明艳的姑娘啦。"

既然母亲开了口，父亲自然就把讲故事的任务移交给她。

"我的事你都知道。你来替我给孩子们讲吧。"

父亲说完，两个孩子不约而同地看了他一眼。那留着胡茬的下颚，在灯光照耀下颇为明艳，他吸了口烟，静静吐出白雾。

"在你们老爸十六七岁的时候，他母亲在城里某条街上住了下来，还在那里开了个杂货店。虽然启动资金很少，但他母亲十分擅长此道，把店里的商品装饰得漂漂亮亮，灯光打得恰到好处，连假花看着都像鲜花。此外，店里还有一股好闻的香薰味，时常吸引品位高雅的客人上门。"

"哈哈，接下来就该到 S 家的小姐出场了啊。"

父亲略带怀念地打趣，刚好让母亲歇了口气。

"因为要帮忙顾店，你们老爸十六七岁就从学校退学了。但他天性还是个男人，立志将来要研究建筑学，所以在店里一边帮忙一边自学，拼命阅读相关书籍，一有空就出门四处参观有名的建筑。可世人就是这么肤浅，没人关心他自学建筑的努力，只顾留意他以女性之姿在店里忙碌的漂亮身影，对此大加赞赏。"

"S 家的小姐什么时候才出场呢？"

"先别急。你们老爸以女人模样在店里工作了半年多的时候，有一天，那位小姐带着两三个侍女来这条街购物，散步时顺路走到附近，忽然就进了店，事情要从这里说起……小姐不知看中了什么，开始频繁出入这家店。或许是那家店小巧温馨，仿佛月亮上的隐居之所，店里的熏香也好闻，才让小姐念念不忘吧。但后来据她本人说，是因为她喜欢上了女人模样的你们老爸。"

"那位小姐应该不知道老爸是男人，只是以女性模样示人吧？"哥哥用成熟的语气问。

"当然了，她对此毫不知情，就这样喜欢上你们老爸，成了店里的常客呢。"

"老妈，那位小姐漂亮吗？"

母亲略显困惑地答道："当然很漂亮啦。是吧，孩子他爸？是位很漂亮的小姐吧。"

"啊，是位漂亮的小姐。"

父亲的脸不知为何有些发红。

"总之，那位小姐完全迷上了你们老爸，热切希望他去 S 家做客。刚开始，你们老爸觉得，应付这位小姐会占用自己难得的时间，无法继续研究建筑学，所以有诸多不满。但仔细想想，S 家是在首都颇有名气的富豪，宅邸自然宽阔无比，此外还拥有许多罕见的亭台与别墅。意识到这点，他才想到没有小姐陪同，普通人是没法儿参观这些建筑内部的，于是同意了小姐的邀请。不过，他母亲毕竟还独自在家，所以他提出，要在洗澡那天回家见母亲。宅邸的人立刻同意了。说到底，你们老爸还是没办法以女人的身份在别处洗澡呢。就这样，半年过去了，一年过去了，岁月流逝，在你们老爸十八岁那年春天，他的心情变得异常苦闷……"

说到这里，母亲欲言又止。儿子和女儿也有些严肃地来回打量父母。

　　"也就是说呢，呃，虽然不太好讲，但你们老爸对那位小姐产生了强烈的倾慕。因为小姐不仅长得漂亮，相处时间越长，越显出伶俐温柔，性格也好，你们老爸喜欢她也无可厚非。但是，就算你们老爸是以男人的身份喜欢那位小姐，二人也有巨大的身份差距，更何况他那时以女人模样示人，更不可能把实话告诉小姐。就在他为此苦恼的时候，又发生了一件让他头疼的事。S家的小姐有位二十岁左右的兄长，完全把你们老爸当成女性，还喜欢上了他。那位兄长是S家最看重的长子，他对你们老爸思之若狂，几乎相思成疾，让人束手无策。一天，他通过小姐对你们老爸坦白了心意。你们老爸想到自己的悲哀恋情，又拿它与这位兄长的恋慕做个比较，最终什么也说不出口，只能定定地望着传递消息的小姐，兀自流泪。"

　　"那最后怎么样了呢？"儿子和女儿都到了能正确理解这种人情世故的年纪，直接问出这种问题也在情理之中。

　　"最后你们老爸离开了S家……为了让自己离开苦恋的小姐，也为了让S家长子苦恋的自己从那个家消失……"

"所以老爸立刻就回家了吗？"这确实像女儿会问的问题。

"没有。他到我——你们老妈这里来了。"

"下面的事，就由我来讲吧。"

父亲用儿女们二十年来听惯的声音说。孩子们刚刚还在根据故事想象女性模样的父亲，可他突然发出男性的声音，女儿、儿子瞬间都感到奇异，像是看到男人模样的父亲从一具娇艳怪异的躯体里走出来似的。

"你们俩，能想象当时的老妈是个什么样的男人吗？"

"不能，这也太难了。"儿子已经完全沉浸在这个故事里，对即将展开的情节好奇地睁大了双眼。

"你们老妈当时可是个俊美青年呢。她那时虽然还没遇到过恋爱情事，但也有别的烦恼，总之跟我一样，处于一种棘手的状态。她的性格是女性常见的内向型，却非常擅长骑马和各种武艺。你们也知道，村里的老乡都很佩服你们老妈出色的耕作能力，把这些联系起来看看，你们老妈不仅漂亮温柔，还有健康强壮的体魄，直到现在也没变过。"

"呵呵呵呵……"[1]

听着母亲清脆悦耳的笑声，儿子女儿刚刚在脑中描绘的母亲的英勇男性之姿又被打回原形。

"老妈，你别笑啊……这种时候稍不注意就会丢脸哦。"

"好的。"

母亲开始认真地充当听众。

"你们老妈的母亲比我母亲更有冒险精神，也很务实，在起步阶段，她办了个小纺织厂。经营状况虽然不错，但启动资金都是借的。借钱给她的老爷子后来用这份人情挟制她，话虽如此，他也绝非坏人，只因武人出身，嗜好冒险，本性其实也算善良。但这对你们老妈的母亲来说，反而成了沉重的人情债。若是别人强加的人情，只要推脱就好，可那是她自己找来的人情，接受它就等于跳进自己设的陷阱。换句话说，越是了解这个陷阱的构造，就越是束手无策，无力逃跑。不过，那位老爷子发现，你们老妈虽然有出类拔萃的武者风范，但也有纤细敏感的地方，也就是说，她不是个纯粹的武人。哈哈哈哈……（糟糕，这

---

1 原文"ほほほほ"，一般表示女性的笑声，无实意。中文没有完全对应的拟声词，故以"呵呵呵呵"对应。

回是我忍不住笑了。）但她本来就是女人嘛，真要说起来，这才在情理之中。纤细敏感的内部才是她的本来面目，外表的威武毋宁说是借来的。就像我以漂亮女性的模样示人一样，你们老妈身为女人，却以男性模样示人，还要完成世间加诸给男人的义务，想要保护自己，就必须内外协调发展。老爷子就是盯住了这一点。他想让你们俊美的老妈去参加城里竞技场每年举办的驯马比赛。因为她本来就擅长骑马，如果让她拼命学一两年马术，一定能在比赛中夺得优胜。重要的是，他想让她作为自己的女婿参赛。老爷子这种人，往往天真又虚荣。但他就算想让你们老妈当女婿，也不可能贪婪到让她抛弃自己的母亲、搬去他家。老爷子有个年轻可爱的女儿，打算在不久的将来，找个外戚做女婿。"

"这倒也是司空见惯的事呢。"

"是吗？你们也这么觉得啊。确实，母女俩既然找不到理由拒绝，也只能欣然同意，而这对于你们老妈表面的身份来说，是再合适不过的姻缘；但她实际是个女人，这是没法改变的。无论她多么喜欢武术，擅长骑马，要参加震撼全国的粗暴竞技……要完成那种高强度的练习，首先生理上的体力就不够。母女俩就这样走进了死胡同，无法对此做出回应。老爷子的请求并非强迫，也不是挟恩以令，更像是上了年纪的人哀切地提出余生唯一的请求。就像刚才说的，她们自己找来的人情，却让她们陷入了穷途末路的困境。"

"这时候，老妈碰巧遇上了从 S 家逃出来的老爸，对吧？"

"没错。作为听众的你们现在也是这个故事的一部分了。真难得啊，你们竟然听得这么投入，哈哈……（糟糕，我又忍不住笑了。）就这样，我们先前从未觉得自己经历奇特，这时才意识到造化弄人。一旦开始感慨，又发现我们的命运处处颠倒，因此悲伤不已。但事已至此，我们也没想过要去找两位母亲抗议。是啊，在深切感受到这颠倒命运的同时，如果去找母亲对峙，就会忍不住责备她们，这样一想，反而做不出来了。该说是软弱还是什么呢？嘛，先定义为温柔吧，我从 S 家跑出来以后，也想到如果去找母亲，就会忍不住责怪她，所以没有回家。除了母亲，能理解我的，当然只有跟我一样，以错误性别示人的你们老妈了。当时我想，只能去找她试试了。"

后面的故事就由作者来讲吧，因为父亲好像已经有些累了。父亲和母亲讨论之后，决定离开首都。两人虽然都因抛下母亲而难过，但眼下也只能这么做。如果他们继续留在首都，用这副不自然的状态狼狈苦熬，反而会引起周围人的怀疑，还可能让两位母亲受到指摘。为了让母亲们安心，他们仔细讨论后留了张纸条，就离开首都、共赴他乡了。当然，在定居后来生活的乡村前，还经历了若干岁月，其间，两人完全恢复了原本的性别与外貌。至于他们是在何时何地交换誓约、结为夫妇的，这是水到渠成的事，如今也没有深究的必要。但在离开首都之初，他们之间并未产生男女之情。

如此看来，一家四口这次前往首都的旅程，也不再是单纯的旅行了。父亲母亲带着重生的喜悦，心中充满力量。他们在乡村辛勤劳作这些年里存了不少钱，只要不乱花，就足够全家在首都生活。另外，他们也想让两个孩子在首都接受教育。到了首都，他们可能会告别乡村，成为都市居民。但在此之前，父亲母亲还有件事要办，就是挨个去探访从前的知己好友。首先当然是去 S 家，接着是到那位想招母亲当女婿的老爷子（老爷子或许已经去世了吧，那就到他女儿）家中拜访，把二十多年前的真相告诉他们。也许短时间内会影响彼此关系，但假以时日，应该能消除隔阂、握手言和吧。这一来，他们或许会自然而然地生出在首都惬意生活的念头。这就是父亲母亲的计划，但最终究竟如何，作者也无法明言。

人啊，到了一定年纪，就会不自觉地眷恋故土。这好像也是常事。

最后要说的，是父亲母亲各自的母亲。儿女离开后，她们像是幡然醒悟般，关系比从前更为亲密，最后搬到一处同居，直到其中一人死亡。很快，活着的那个也无病无灾地寿终正寝。父亲母亲当然得知了这个消息，但那时他们正避世于乡间、努力维生。二人暗自感慨、悼念，就这样过了一年又一年，悲哀也终于消散。现今，两位母亲早已不在人世，他们再无顾虑，所以回到了家乡，或许要试着以本来面目在此生活。

月亮落到了山后。夜深了。作者也讲乏了。

不知何时，一家四口钻进各自的被窝，安稳地睡着了。

（昭和八年十一月）